GUTIÉRREZ A SECAS

Para
Carmen Ospina
Con mi amistad

Vicente Battista

GUTIÉRREZ A SECAS

DEL NUEVO EXTREMO

A863   Battista, Vicente
BAT   Gutierrez a secas.- 1ª. ed. - Buenos Aires : del Nuevo
            Extremo, 2002.
            176 p. ; 21x14 cm.

            ISBN 987-1068-04-2

            I. Título - 1. Narrativa Argentina

ISBN 987-1068-04-2

Autor: Vicente Battista
Composición: Víctor Igual, S.L.

© 2002, Vicente Battista
© 2002, RBA Libros S.A.
Pérez Galdós, 36 – 08012 Barcelona
© 2002 Editorial del Nuevo Extremo S.A.
Juncal 4651 (1425) Buenos Aires Argentina
Tel/Fax: (54-11) 4773-3228
e-mail: editorial@delnuevoextremo.com
www.delnuevoextremo.com

Primera edición: junio 2002

Este ejemplar se terminó de imprimir en
Indugraf S.A., Sánchez de Loria 2251,
Buenos Aires, Argentina.

Ésta es la mejor de las vocaciones,
no hay otra como ésta.
¡Pon tu corazón en los textos!
No hay cosa mejor que los textos:
son como barcas en el agua.
Mira, no hay profesión sin amo,
pero no para el escriba,
porque él es el amo.

INSCRIPCIÓN HALLADA EN UNA TUMBA EGIPCIA,
circa 1250 a.C.

I

Si da un par de pasos al costado lo ve. Es el hombre que está junto a la mujer de tapado azul. El hombre que tiene las manos en los bolsillos y las solapas del sobretodo levantadas; de ese hombre quiero hablarle. En la mano izquierda (que, por supuesto, no se ve) sostiene un disquete de 3,5»; con la mano derecha (que acaba de sacar del bolsillo) se rasca la cabeza. Gutiérrez es el apellido de ese hombre, lo es desde el mismo día que nació; hace de esto cuarenta y dos años. Nunca usó el apellido materno: Volando. Hubiese sido Gutiérrez Volando. Gutiérrez no es amigo de hacer bromas, y menos le gusta que se las hagan. Por eso prefiere Gutiérrez, a secas.

Gutiérrez a secas, está ahí, junto a la mujer de tapado azul. Nada los une, y nada los unirá: ambos aguardan a que la luz del semáforo se ponga verde. Luego se echarán a andar por la senda peatonal. Entonces, sin más gestos, la mujer de tapado azul se irá para siempre de esta historia. Gutiérrez, por el contrario, entrará definitivamente en ella. Mientras la mujer de tapado azul se pierde por la calle desierta, Gutiérrez esquiva un charco y sube los dos escalones que lo llevan hasta la puerta de la editorial. Saluda con la mano al portero y le muestra el disquete, a modo de salvoconducto. Parece ser suficiente, porque el portero le devuelve el saludo,

9

hace un comentario acerca del frío de esa mañana y le confirma que el señor Marabini ya ha llegado. Gutiérrez agradece la información y entra en el ascensor. El ascensor no tiene espejo. De haberlo tenido, hubiera devuelto la imagen que Gutiérrez —un metro setenta y cinco, casi ochenta kilos de peso— presenta en este instante: un sobretodo azul (al que ahora le ha bajado las solapas), tal vez pasado de moda, pero pulcro y bien planchado; una camisa celeste y una corbata a rayas. El traje (que oculto por el sobretodo de ninguna manera se hubiera reflejado en el espejo) es de color azul oscuro. Los zapatos (que tampoco se hubieran reflejado) son negros; el voluntarioso brillo de la pomada no logra disimular su excesivo uso. El rostro de Gutiérrez, que es lo que mejor se hubiera reflejado, carece de señas particulares. Señas particulares: ninguna; como solían consignar los antiguos documentos de identidad. Acaso lo que más se destaca son sus anteojos. Los vidrios de aumento de sus anteojos que, sujetos por un marco grueso e incoloro, tienen la particularidad de oscurecerse con la luz del sol. Una práctica coquetería que Gutiérrez se permitió por consejo del óptico y de la cual no se arrepiente. Como al ascensor no llega la luz del sol, los vidrios de aumento de los anteojos de Gutiérrez conservan su matiz cristalino. Gracias a esta circunstancia, es posible distinguir que los ojos de Gutiérrez son de color marrón. También se observa que tiene nariz aguileña y una boca inexpresiva, de labios finos. El pelo, casi lacio y marcadamente negro, contrasta con el tono pálido de su piel. Todo esto es lo que hubiese reflejado el espejo del ascensor, en caso de que el ascensor hubiera tenido espejo. Aunque, como bien se sabe, los espejos siempre mienten.

El ascensor se detiene en el segundo piso. Gutiérrez había apretado el botón del quinto, porque el despacho de Marabini está en el quinto. Ahora se abre la puerta y entra un hombre de algo más de sesenta años. Usa traje, camisa y corbata. Su traje es azul, su camisa celeste y su corbata blanca con rayas rojas. De su brazo izquierdo cuelga el sobretodo; con su mano derecha sostiene un disquete idéntico al que lleva Gutiérrez en el bolsillo. El hombre saluda con un imperceptible movimiento de cabeza. Gutiérrez le devuelve el saludo con un gesto similar. Por un instante los dos se miran en silencio; después Gutiérrez desvía la vista, pero el rostro del hombre de traje azul ha quedado en su memoria: podría plasmarlo en un posible personaje. Tiene la piel de color amarillo verdoso, ese tono cetrino característico de los hombres y las mujeres de la India. Gutiérrez recuerda que «cetrino» también es un sinónimo de «melancólico», pero ese hombre de traje azul no tiene aspecto melancólico. Su estampa se acerca más a la resignación que a la melancolía. Incluso es algo grotesco: usa anteojos con vidrios de muchísimo aumento (que seguramente no se oscurecen bajo la luz del sol) y se las ha ingeniado para que unos pocos pelos, sujetos con gomina, intenten vanamente disimular su irremediable calvicie. De pronto, Gutiérrez se sorprende: piensa que ese hombre de traje azul podría ser él mismo dentro de veinte años. Han llegado al quinto piso. Gutiérrez le cede el paso al hombre de traje azul. El hombre de traje azul se irá por un corredor y posiblemente también se vaya para siempre de esta historia.

Gutiérrez no. Ha llegado al despacho de Marabini y da dos golpecitos suaves a la puerta. Conoce muy bien el código. Sabe que tendrá que permanecer frente a la puerta aguardando la orden de Marabini. Sabe que bajo ninguna circunstancia Marabini acepta un tercer golpecito: para él, con dos es suficiente. Sabe que pueden pasar más de cinco minutos antes de que se oiga la voz aflautada de Marabini diciendo «Adelante». Así que se dispone a esperar. Una vez Gutiérrez estuvo casi diez minutos con la vista fija en la chapa de bronce que anuncia «Director». Oía el paso de los empleados, sus murmullos, pero no se atrevió a girar la cabeza.

En esta oportunidad Marabini contesta de inmediato. Gutiérrez acaba de entrar en el despacho y ahora camina con la mano derecha extendida, para el saludo de rigor. Marabini lo espera del otro lado del escritorio, también con la mano extendida. Finalmente, se estrechan las manos; como si fueran dos viejos amigos que hace mucho que no se ven. En realidad, de ninguna manera son amigos. Tampoco hace tanto que no se ven: apenas una semana, ya que este rito se cumple invariablemente todos los lunes. Es el día en que Gutiérrez debe entregar su trabajo. Porque Gutiérrez, igual que el hombre de traje azul que un rato antes había encontrado en el ascensor, es un fantasma; un *ghost-writer*, como con mayor precisión se los denomina en los Estados Unidos de Norteamérica.

Marabini es su editor. Ahora los dos están sentados. Gutiérrez no se ha sacado el sobretodo (pese a que en el despacho la calefacción está más alta que de costumbre), pero sí ha sacado el disquete que llevaba en el bolsillo izquierdo. Allí, en el disquete, no en el bolsillo, Gutiérrez guarda la última parte de su última novela; la primera parte la entregó el lunes pasado. El libro, no importa que sea de autoayuda, de ficción o de información general, debe redactarse en dos semanas. En la primera semana se entrega una parte; en la otra semana, la totalidad de la obra. Quince días es el tiempo máximo que concede Marabini y es el tiempo que demora Gutiérrez en escribirlo. Para los libros de información o de autoayuda, Marabini le provee de abundante material; después Gutiérrez tiene que refritarlo o fusilarlo, como con algo más de violencia prefieren decir en el viejo continente. Para las novelas (da lo mismo que sean policiales, del *far west*, del espacio o de espías) Marabini deja todo librado a la imaginación de Gutiérrez; lo mismo sucede con las novelas románticas y con las eróticas.

El despacho de Marabini es pomposo y de indudable mal gusto, como el propio Marabini. De la pared cuelgan fotos de escritores célebres que, con su propio nombre o con un seudónimo digno, han publicado o aún publican en la editorial. Todas las fotos están dedicadas a Marabini. Tres macetas con plantas artificiales, una rigurosa mesa de cedro, rodeada de seis sillas de acrílico brillante, una biblioteca, un enorme escritorio, cubierto de papeles, dos sillones tapizados en terciopelo azul, y una computadora completan el mobiliario. Gutiérrez piensa que su foto algún día también va a estar colgada de esa pared; pero aún no pensó qué dedicatoria le escribirá a Marabini. Tal vez baste con un adverbio: «Afectuosamente» o «Cordialmente»; y después la rúbrica: Gutiérrez. Por ahora debe conformarse con los infinitos seudónimos que elige para firmar sus libros quincenales: Bill Ryan, Giovanni Storza, Henry Palmer, John McMillar. Para las novelas eróticas suele optar por apodos femeninos: Françoise Cugnon o Simone Marchand.

Amigo Gutiérrez, está diciendo ahora Marabini y Gutiérrez sabe que cuando Marabini dice «amigo» fatalmente vendrá la crítica. El reproche, más que la crítica. Otra vez se desbandó, Gutiérrez, dice Marabini, se me ha puesto metafísico. Yo le había pedido una novela de pura acción, muchos tiros y muchas muertes. No me interesa que los personajes piensen. Sus personajes no tienen que pensar, Gutiérrez, insiste Marabini y concede que si quiere puede hacerlos pensar en las románticas. Ahí sí está bien que piensen un poco, dice, pero nunca en las de acción. Ésas son de acción, de acción, repite Marabini marcando cada letra. Gutiérrez asiente con pequeños movimientos de cabeza, pero no dice una sola palabra: está seguro de que Marabini continuará hablando. Y no se equivoca, porque ahora Marabini señala la foto de uno de los escritores célebres que cuelga de la pared. Usted lo conoce, le dice a Gutiérrez. Gutiérrez otra vez asiente moviendo la cabeza. Y lo admira. Gutiérrez no hace ningún gesto. ¿Verdad que lo admira?, pregunta Marabini. Lo admiro, reconoce Gutiérrez. Sin embargo, dice Marabini y señala la foto, así como lo ve, él también escribió para mí. Es un autor de la casa, dice Gutiérrez, hace mucho que es autor de la casa. Marabini dice que sí, que eso ya lo sabe. Pero aunque le cueste creerlo, Gutiérrez, hubo un tiempo en que él también escribió como usted. Porquerías como las que usted escribe, dice Marabini, no sé si me entiende. Gutiérrez lo entiende perfectamente. Lo entiendo, dice. No quiero que se lo tome a mal, que se ofenda, dice Marabini, pero así son las cosas. Gutiérrez está a punto de decir que de ninguna manera se ofende; que, por el contrario, le alegra que ese escritor célebre, que él tanto admira, alguna vez haya hecho lo mismo que está haciendo él. La verdad no ofende, dice Gutiérrez.

Ahora se produce un silencio, que de ningún modo es incómodo. Gutiérrez busca un punto donde fijar la mirada mientras aguarda a que Marabini continúe hablando. Pero no encuentra ningún punto que lo satisfaga y Marabini ha decidido quedarse callado: tiene los ojos semicerrados, como si estuviera evocando algo. Gutiérrez más de una vez pensó en utilizar a Marabini como personaje. Necesariamente, Marabini será un personaje en la novela secreta que Gutiérrez está escribiendo, pero Gutiérrez jamás se atrevió (y difícilmente se atreva algún día) a utilizar a Marabini como personaje en las novelas que escribe por encargo. Marabini tampoco será un personaje en la novela auténtica que Gutiérrez se propone escribir. Marabini, por su aspecto físico, estaría condenado a ser un personaje desagradable; por su aspecto interior, también. Tiene el pelo rabiosamente teñido de negro y pertenece a ese extraño tipo de hombres que aun siendo flacos parecen gordos. Marabini no lo parece: definitivamente es gordo. Acaba de cumplir cincuenta y ocho años, aunque aparenta menos edad, por el pelo teñido y porque es lampiño, de piel rosada y brillante. Tiene ojos pequeños y sin brillo, nariz chata y ancha (como la de un boxeador que ha sido castigado sin piedad) y boca de labios desparejos: el de arriba es muy fino y el de abajo muy grueso. La dentadura tal vez sea lo único rescatable: una perfecta fila de dientes blancos y deslumbrantes que, sin embargo, no alcanzan a dibujar una sonrisa decente. Esto no importa mucho, pues Marabini rara vez sonríe. Usa ropa cara y de marca famosa, pero de indudable mal gusto. Lo recuerdo como si hubiera sucedido ayer, dice Marabini y Gutiérrez no hace el menor gesto. ¿Me escucha, Gutiérrez?, pregunta Marabini. Sí, sí, lo escucho, dice Gutiérrez. ¿No estaba pensando en otra cosa?, pregunta Marabini. No, asegura Gutiérrez, no estaba pensando en otra cosa. ¿Qué le dije, Gutiérrez?, pregunta Marabini. Que usted recuerda algo como si hubiera sucedido ayer, pero no sé qué es ese algo que usted recuerda, responde Gutiérrez. Marabini señala la foto del escritor célebre. Era un viernes, dice, un viernes por la tarde cuando le dije que para el lunes necesitaba una novelita de pura acción. No hay problema, me dijo, y el lunes por la mañana volvió con una historia dividida en ocho capítulos. El protagonista era un negro veterano de Vietnam. En el primer capítulo cargaba un bolso con una metralleta, dos pistolas, varias granadas y un puñal de combate, y se largaba a la calle; desde el capítulo dos al siete mataba gente a mansalva. En el capítulo ocho, una patrulla de la policía lo volteaba. Quedaba moribundo, apenas sostenido contra un poste del alumbrado. Hasta ese poste se dirigía el teniente que estaba al mando de la patrulla. El negro veterano de Vietnam y el teniente se miraban por un instante, después el teniente lo empujaba con el pie derecho. El negro caía definitivamente muerto sobre el asfalto y el teniente decía: «Ya no podrás tocarla nuevamente, Sam», y terminaba la novela. Acción es lo que quiero, Gutiérrez, acción. Gutiérrez le asegura que la segunda parte, la que está guardada en el disquete, es pura acción. Muchas muertes y casi nadie piensa, dice Gutiérrez y le alcanza el disquete. Casi nadie no, dice Marabini, nadie, Gutiérrez, nadie. Gutiérrez acepta con un gesto y quiere saber de qué modo van a solucionar el problema del primer disquete. Marabini le dice que no se preocupe, que ya está solucionado. Los correctores se ocuparon de quitarle todo lo que sobraba y agregarle todo lo que faltaba. Usted nos da mucho trabajo, Gutiérrez, dice Marabini. Los correctores son otro misterio de la editorial. Nadie los conoce y nadie sabe dónde están. Es norma de la empresa que los correctores y los escritores fantasmas jamás se vean cara a cara. Si por cualquier causa fortuita, un escritor fantasma reconociera a un corrector, irremediablemente el escritor fantasma se quedaría sin trabajo. Es una regla inquebrantable que data de los comienzos de la editorial y que nadie se ha atrevido a transgredir. Por otra parte, no hay forma de transgredirla, porque no hay forma de reconocer a los correctores. Este enigma hace que las hipótesis se repitan sin cesar. Hay quienes aseguran que los correctores usan la misma ropa que usa todo el mundo; dicen que se comportan como cualquier ciudadano común. Hay quienes afirman que lo único que diferencia a los correctores de los ciudadanos comunes es su renguera; dicen que todos los correctores son rengos. No obstante, se apresuran a aclarar, padecer ese defecto físico de ninguna manera da categoría de corrector. Hay quienes sostienen que lo de la renguera es un embuste, un modo más de complicar las cosas; dicen que los correctores deambulan por los pisos de la editorial, mezclados con los empleados de administración o de archivo. Hay quienes manifiestan que los correctores están confinados en un sótano, en una suerte de catacumbas ubicadas en la misma manzana de la editorial; dicen que los correctores llegan a la editorial atravesando pasadizos secretos que sólo ellos conocen. Gutiérrez avala este último supuesto. Gutiérrez suele caminar alrededor de la manzana de la editorial buscando la puerta para acceder al sótano o a las catacumbas donde estarían los correctores, pero hasta ahora no encontró esa puerta.

Marabini toma un grueso dossier que está sobre su escritorio. Gutiérrez comprende que su próximo libro no será de aventuras. Qué tema tocaremos, pregunta Gutiérrez. Quiero la historia de Lilith, dice Marabini, es para la colección *Quién es quién en cien mil palabras*. Lilith, repite Gutiérrez. Sí, Lilith, con th final, la Reina de la Noche o, si quiere, el Monstruo de la Noche, dice Marabini, la madre de todos los vampiros. Claro, Lilith, confirma Gutiérrez. ¿La ubica?, pregunta Marabini. Sí, Lilith, dice Gutiérrez, según la tradición rabínica, Yahvé la engendró del barro, igual que a Adán. Iba a ser su esposa, pero salió mala de alma y de inmediato se unió a las huestes del Diablo. Al crear una sustituta, Yahvé desechó el barro y eligió una costilla de Adán: así nació Eva. Bueno, si quiere también ponga eso, dice Marabini, pero sobre todo me interesa la parte de los vampiros. Los vampiros, repite Gutiérrez. Aquí tiene material, dice Marabini y le alcanza el dossier, si necesita más datos los puede buscar en Internet. A ver si me escribe una historia como la gente. No lo dude, promete Gutiérrez y se pone de pie. Sabe que la entrevista ha terminado. Le estrecha la mano a Marabini y se va contento: las historias con vampiros le salen bien, ha escrito varias.

II

Gutiérrez vive solo. Ocupa un departamento interno de dos ambientes, baño y cocina, en el segundo piso de un edificio de la periferia. El médico le ha dicho a Gutiérrez que es fundamental que camine todos los días. Gutiérrez no camina todos los días, pero se preocupa de calcular las distancias que hace los días que camina. Para ir a la editorial, Gutiérrez recorre nueve cuadras. Es la distancia que hay desde su casa hasta la parada del ómnibus. El ómnibus deja a Gutiérrez a menos de cincuenta metros de la editorial; por lo que no vale la pena contabilizar ese insignificante trayecto. En cambio, es esencial añadir las cuatro cuadras de la caminata sanitario-deportiva que Gutiérrez realiza sin fecha fija y las cuatro cuadras de la vuelta a la manzana de la editorial que Gutiérrez realiza cada quince días. Sumando, entonces, las dieciocho cuadras (nueve de ida y nueve de vuelta) que Gutiérrez hace para ir y volver de la editorial, más las cuatro cuadras de la caminata sanitario-deportiva, más las cuatro cuadras de la vuelta a la manzana de la editorial, tendremos un total de veintiséis cuadras. Cerca de dos kilómetros y medio. No es mucho, pero algo es mejor que nada.

En la mayoría de los casos, Gutiérrez aprovecha la caminata para ir imaginando el nuevo libro que le encarga Marabini. En esta oportunidad, Gutiérrez no tiene nada que imaginar. Marabini le ha dado suficiente material. Gutiérrez cuenta, además, con su propia información acerca de Lilith. La Reina de la Noche, también llamada Monstruo de la Noche, es una criatura mitológica que siempre ha inquietado a Gutiérrez. En realidad, a Gutiérrez siempre le han inquietado las mujeres; mitológicas o no. Esto último, que le inquietan las mujeres, no lo sabe nadie; y mucho menos las pocas mujeres que Gutiérrez conoce. ¿Por qué son pocas? La verdadera respuesta sólo la puede dar Gutiérrez. Baste con decir que Gutiérrez confía en las mujeres menos que en los hombres; y en los hombres Gutiérrez no confía casi nada. Ni siquiera confía en Requejo. Requejo es el único amigo real de Gutiérrez. Todos los otros amigos de Gutiérrez son virtuales: están en el ciberespacio.

Las nueve cuadras quedaron atrás y ahora Gutiérrez sube hacia el segundo piso en el pequeño y destartalado ascensor del edificio. El médico también le ha recomendado que suba y baje por la escalera, pero Gutiérrez sólo utiliza la escalera para bajar. Gutiérrez busca la llave de la puerta y siente la mirada de la vecina del 2° C en su espalda. La vecina del 2° C es una jubilada que se entretiene espiando por la mirilla. A Gutiérrez poco le importa, porque no tiene nada que ocultar. En realidad, Gutiérrez tiene cosas que ocultar. Pero desde la mirilla de la puerta de su departamento la vecina del 2° C jamás podría descubrir los libros que Gutiérrez oculta. No se trata de los volúmenes que llenan la biblioteca del living, ésos están a la vista de cualquiera; incluso a los ojos de la vecina del 2° C. Se trata de los otros libros, de los pequeños volúmenes de dieciocho centímetros de alto por doce centímetros de ancho y noventa páginas de texto que descansan en una biblioteca disimulada en el interior del placard del dormitorio. Nadie, pero absolutamente nadie, ni siquiera Requejo, tiene noticia de esa biblioteca. La integran ejemplares de información general, novelas de aventuras y novelas románticas, novelas de ciencia ficción y novelas eróticas, novelas policiales y novelas de espías, novelas del far west y novelas de piratas. Son los libros que Gutiérrez escribe de quincena en quincena. Para este tipo de volúmenes la editorial elige tapas con dibujos alegóricos de vivos colores y evidente mal gusto. Por contrato, a Gutiérrez le corresponden cinco ejemplares de cada título. Sin embargo, Gutiérrez los rechaza. Dice que no le interesa guardar ese tipo de literatura. Nadie, pero absolutamente nadie, ni siquiera Requejo, sabe que quincena a quincena Gutiérrez lleva a su casa el último ejemplar que acaba de salir. Gutiérrez siempre elige diferentes puntos de compra.

Los libros que Gutiérrez atesora en la biblioteca disimulada en el interior del placard del dormitorio no tienen tapas de vivos colores y evidente mal gusto. En el lavadero, que está pegado a la cocina, Gutiérrez ha montado un pequeño taller de encuadernación. El taller cuenta con los instrumentos esenciales para una correcta encuadernación: prensa, guillotina, cola, agujas e hilo. Antes de incorporar esos instrumentos, Gutiérrez contrató a un albañil con el fin de que alzara una pared de ladrillos en el hueco del lavadero que comunicaba con el exterior. Gutiérrez reemplazó la luz del sol por una lámpara de 100 W. Desde entonces, todo nuevo libro de Gutiérrez que se publica ingresa en el taller. Gutiérrez le arranca la tapa de vivos colores y evidente mal gusto. Ése es el primer paso, luego Gutiérrez cumple con todos los requisitos que exige el arte de la encuadernación: une los pliegos, los cose, los encola, los prensa y les coloca una tapa forrada en cuerina de color azul, sin una sola leyenda ni en el lomo ni en el frente. Así Gutiérrez forma un nuevo libro, que de inmediato incorpora a la biblioteca disimulada en el interior del placard del dormitorio. Nunca más lo saca de ahí. Hasta hoy Gutiérrez acumuló ciento cuarenta y siete volúmenes en esa biblioteca clandestina. Pierde su tiempo quien piense que basándose en esa cifra se podría saber cuántos años hace que Gutiérrez trabaja para la editorial. El hábito de encuadernar es de fecha reciente. A los libros anteriores a ese hábito, Gutiérrez los da por perdidos; los considera algo así como de autor anónimo.

Ahora Gutiérrez no lleva ningún libro, pero igual va hacia el placard del dormitorio. Guarda el sobretodo y el saco; se quita la corbata y la acomoda junto a las otras quince que cuelgan del corbatero sujeto a la cara interior de la puerta del placard. Por alguno de los libros de astrología que escribió, Gutiérrez sabe que los nativos del signo de Virgo son exageradamente ordenados; Gutiérrez no es de Virgo, pero es ordenado. Cierra la puerta del placard y se sienta sobre la cama. En realidad es un colchón de plaza y media, apoyado sobre un sommier que carece de detalles que lo hagan diferente de los miles de colchones de plaza y media que se apoyan sobre miles de sommiers. Junto al colchón-cama hay un cubo de madera que alguna vez estuvo lustrado en tono natural y ahora está pintado de azul oscuro. El cubo cumple las funciones de mesa de luz. Encima del cubo que cumple las funciones de mesa de luz sólo se distingue un velador, sin ningún rasgo característico. Junto al velador hay un pequeño recipiente de metal; en el interior de ese recipiente Gutiérrez guarda las pastillas azules, tanto las que toma a la mañana, al levantarse, como las que toma a la noche, al acostarse. Un baúl mediano, que Gutiérrez hace años que no abre, y una vieja silla, sin lustre, pintura ni estilo definido, completan el mobiliario. El dormitorio, desolado y ascético, se asemeja a una celda monacal.

No se puede decir que el living ofrezca mayor entusiasmo. Una de las paredes está totalmente cubierta de libros de autores varios; las otras tres están desnudas. No siempre fue así. Hubo una época en que esas tres paredes hoy desnudas exhibieron reproducciones de obras célebres. Una tarde de hace mucho tiempo, Gutiérrez descolgó las láminas y las puso detrás del gran sillón que está apoyado en la pared opuesta a la biblioteca. Nadie sabe por qué Gutiérrez descolgó esas láminas; Gutiérrez jamás lo dijo. En uno de los rincones del living, el que está en diagonal a la puerta de entrada, Gutiérrez ha ubicado su escritorio: un antiguo mueble de madera noble. Junto al escritorio hay una computadora. Gutiérrez la utiliza para escribir sus libros, para navegar y chatear por Internet, para ver sus CD-Roms y para ninguna otra cosa. Pegada a la puerta de la cocina hay una pequeña mesa ovalada y dos sillas. Ahí es donde Gutiérrez se sienta a comer. Aunque también ha escrito libros gastronómicos, Gutiérrez está muy lejos de ser un gourmet. Los almuerzos y las cenas se limitan a platos precocidos que sin más trámite van del *freezer* al microondas. Gutiérrez también recurre a las latas que guarda en la alacena de la cocina, y muy de noche en noche se atreve a hervir unos fideos que acompaña con manteca y queso. Sólo bebe leche.

A veces Gutiérrez prolonga la sobremesa. En esas ocasiones, se permite un vaso de leche extra. Lo saborea plácidamente, sentado frente a la única ventana del living. Esa única ventana da al pozo de aire y luz y linda con la construcción vecina: un edificio de más de veinte pisos. Desde la única ventana del living, Gutiérrez sólo logra ver la pared ciega de ese edificio. Gutiérrez fija la vista en esa pared sucia y solitaria. Muchos de los temas sobre los libros que Gutiérrez escribe nacieron durante esas prolongadas sobremesas. También de esa pared habrá salido el nudo de la novela secreta que Gutiérrez está escribiendo, y seguramente saldrá el de la novela auténtica que Gutiérrez piensa escribir. El buey solo bien se lame, acostumbra a decir Gutiérrez, y se alegra de que su ventana no se enfrente a una ventana iluminada, como suele pasar con tantas casas de la periferia y de la ciudad. No hay riesgo de que un ojo curioso mire a Gutiérrez.

Para escribir acerca de Lilith, Gutiérrez no necesita ni de la sobremesa ni de la pared. Gutiérrez se dirige al tercer estante de su biblioteca y saca un libro. *Las cosas de la noche*, se llama. Gutiérrez mira apenas un segundo la tapa de ese libro y después lo hojea. Se detiene sorprendido. Entre las páginas de *Las cosas de la noche* acaba de encontrar un trozo de papel. Es cuadrado, de color amarillo pálido y lleva escrito un nombre y un número de teléfono. El nombre es Ivana y el número de teléfono no tiene importancia. Tampoco el nombre tiene importancia. Es parte de una historia que sucedió hace mucho tiempo y que Gutiérrez ha olvidado por completo. En realidad, no por completo. Hay un pequeño hecho trivial en esa historia, un episodio insignificante, que acompaña a Gutiérrez desde entonces.

No vale la pena saber de qué modo Ivana conoció a Gutiérrez. Ivana era alegre, imprevisible y apasionada. Gutiérrez era exactamente igual a como es ahora. Ninguna agencia matrimonial se hubiera atrevido a unirlos. Sin embargo, pese a ser como el agua y el aceite, Gutiérrez e Ivana fueron una pareja. Acaso por aquello de que los polos opuestos se atraen, Ivana y Gutiérrez se atrajeron. Gutiérrez nunca supo por qué le gustaba Ivana o qué le gustaba de Ivana; aún hoy no lo sabe. Gutiérrez poco o nada recuerda de los escasos meses que fueron una pareja. Tal vez sea algo exagerado decir «fueron una pareja». A lo largo de esos escasos meses, Gutiérrez e Ivana nunca vivieron juntos. Es decir, jamás vivieron bajo el mismo techo. Ivana solía ir al departamento de Gutiérrez, pero ni una sola vez se quedó a pasar la noche. Gutiérrez nunca fue a la casa de Ivana. Entre las cosas que recuerda de esa relación, a Gutiérrez le quedó grabado, para siempre grabado, cierto pequeño episodio. Un hecho sin importancia que podría contarse así:

Ivana llega imprevistamente a la casa de Gutiérrez, son las cuatro de la tarde de un día laborable. Esta inesperada visita no parece sorprender a Gutiérrez. Ivana, recordemos, además de alegre y apasionada, es imprevisible. Gutiérrez no alcanza a preguntarle nada. No tiene tiempo de preguntarle: ¿qué te trae por aquí? o ¿por qué no me avisaste que venías? Ivana se ha colgado del cuello de Gutiérrez. Así, colgada del cuello, le dice Te quiero. No era la primera vez que se colgaba del cuello de Gutiérrez, ni era la primera vez que le decía Te quiero. Se lo había dicho muchas veces. Pero esa tarde Gutiérrez comprendió que por primera vez se lo estaba diciendo de verdad. ¿Por qué lo comprendió? Gutiérrez no sabe cómo explicarlo, hay cosas que no tienen explicación, que simplemente se sienten, y aquella tarde Gutiérrez lo sintió. Sintió que Ivana lo quería de verdad. Ella sólo dijo eso y se fue. Pasaba por aquí y te lo quería decir, dijo; después se fue. Tengo una pila de cosas para hacer, dijo. Gutiérrez la acompañó hasta la puerta y vio cómo Ivana se iba por el largo pasillo. También la habrá visto la vecina del 2° C, pero a Gutiérrez eso no le importó. Volvió a entrar a su departamento antes de que Ivana llegara al ascensor. Cerró con llave y fue derecho a la cocina. Se sirvió un vaso de leche, regresó al living, se sentó frente a la ventana y se quitó los anteojos. Sentía algo extraño en el cuerpo. Felicidad, tal vez. Eso tampoco se puede explicar, cada cual la siente a su manera. Gutiérrez estuvo casi una hora con la vista fija en la pared, saboreando hasta la última gota de leche. En el preciso instante que saboreaba la última gota, Gutiérrez comprendió que nunca más vería a Ivana. Ivana jamás supo las razones de esa decisión. Gutiérrez dejó de llamarla por teléfono y se negó a atenderla cada vez que ella lo llamaba. Gutiérrez olvidó a Ivana, pero conservó para siempre aquel pequeño momento, trivial e insignificante, que todavía hoy le resulta difícil explicar y mucho más entender, por supuesto.

Ahora Gutiérrez mira otra vez el papel que ha encontrado entre las páginas del libro y se pregunta cómo diablos pudo haber llegado hasta allí. Tuvo que haberlo puesto el propio Gutiérrez y seguramente lo habrá puesto el mismo día que conoció a Ivana. Ella habrá buscado una hojita de papel en su cartera, habrá anotado su nombre y su número de teléfono y le habrá dicho Llámame. Gutiérrez tuvo que haberle dicho que sí, que iba a llamarla, y habrá guardado el papel entre las hojas de ese libro. Es decir, que en la época que conoció a Ivana, Gutiérrez estaba leyendo este libro que ahora tiene en sus manos. *Las cosas de la noche* incluye una minuciosa biografía de Lilith, también conocida bajo otros motes: «Reina de la Noche», por ejemplo, o «Monstruo de la Noche». Gutiérrez piensa que no hay casualidades, que algo en común deben tener Lilith e Ivana. Pero en este momento a Gutiérrez sólo le interesa la historia de Lilith, por lo que hace un bollo con el papel que contiene el nombre y el número de teléfono de Ivana, se dirige resueltamente al baño y arroja el bollo al inodoro. Gutiérrez aprieta el botón y observa, sin pensar en nada, cómo el agua se lleva el nombre y el número de teléfono de Ivana. No es cierto que Gutiérrez haya realizado esa acción sin pensar en nada. Es una acción semejante a la que Gutiérrez tiene anotada para la novela auténtica que se propone escribir. Gutiérrez sabe que esa novela permitirá que su foto, con una dedicatoria a Marabini («Afectuosamente» o «Cordialmente», eso aún no lo ha decidido), se mezcle con las fotos de los otros escritores de verdad que cuelgan de la pared del despacho de Marabini. Pero eso será más adelante; ahora Gutiérrez debe trabajar con Lilith, por lo que se encamina hacia el escritorio, deja de pensar en la novela auténtica que se propone escribir y comienza a ordenar el material que acerca de Lilith le ha dado Marabini.

Puede afirmarse que la Reina de la Noche fue un involuntario equívoco de Dios. Yahvé la hizo de barro, igual que a Adán, y se la entregó a éste para que fuera su esposa. Fue un matrimonio muy corto. Duró hasta el preciso día en que Adán quiso yacer sobre Lilith. «Por qué debo estar debajo tuyo, si ambos somos iguales: yo también fui hecha de barro», dijo Lilith y sin esperar respuesta invocó el secreto nombre de Dios, se elevó en el aire y desapareció para siempre. Hay quienes sostienen que nunca pronunció el secreto nombre de Dios, porque no lo sabía, y que jamás se elevó en el aire sino todo lo contrario: descendió a los infiernos y terminó siendo una de las más conspicuas amantes del Diablo. «Mujer al fin», anota Gutiérrez, aunque sabe que no podrá trabajar basándose en ese supuesto. Marabini le ha pedido que fundamentalmente destaque el aspecto vampírico de Lilith. Gutiérrez consulta el libro que ha sacado de su biblioteca. Sin embargo, ahí no hay un solo dato que vincule a Lilith con los vampiros. El libro se ocupa de la estampa más difundida de la Reina de la Noche. Cuenta lo que ya Gutiérrez sabe, que Lilith acecha a las parejas que hacen el amor. Informa que se posa invisible, entre uno y otro enamorado, y con el semen que les roba engendra nuevos monstruos. El libro también instruye acerca del modo más efectivo de evitar esa inoportuna visita nocturna. Dice que hay que escribir una frase en la puerta o en la pared del dormitorio. El texto de esa frase debe ser: «Adán y Eva pueden entrar aquí, pero no la reina Lilith». *Las cosas de la noche* dice todo eso, pero en ningún momento vincula a Lilith con los vampiros.

Gutiérrez cierra el libro y comienza a revisar el material que le dio Marabini. Se detiene en la fotocopia de un artículo publicado en una revista que ha dejado de salir hace más de veinte años. *Amor de madre* se titula el artículo y está ilustrado con un dibujo hiperrealista en el que se ve a una mujer de diabólica belleza rodeada por cinco niños con evidente aspecto de vampiros. Las criaturas que rodean a la mujer de diabólica belleza no se preocupan por ocultar su condición de espectros, de cadáveres insepultos. Por alguna razón difícil de precisar, Gutiérrez comprende que ése es el único artículo que le importó a Marabini y entonces le presta especial atención.

Gracias a ello, Gutiérrez se entera de que a Lilith también la consideran madre de todos los vampiros. «Es el vampiro original cuyo toque corrompido se ha transmitido de un desdichado a otro durante incontables siglos», lee Gutiérrez y descubre que Lilith elige con cuidado a cada una de sus víctimas: prefiere a los hombres que han hecho voto de castidad y que hacen gala de honradez y pureza. El artículo sostiene que esas santas virtudes no sirven de mucho, ya que todos los hombres se derrumban sin remedio ante la lascivia que Lilith desnuda en cada gesto. Por otra parte, asegura el artículo, es inútil resistirse. Lilith, imitando a los súcubos (esos demonios femeninos a los que está unida por un lejano parentesco), entra en los sueños de los hombres y los induce a toda clase de perversiones nocturnas: los envuelve en una orgía alucinante hasta agotarlos sexualmente.

De ese modo, Gutiérrez se entera de que los pobres infelices que caen bajo las garras de Lilith despiertan desesperados y exhaustos, con todos los síntomas de haber sido desangrados por un vampiro. El artículo también advierte que Lilith, igual que los vampiros, aparece después de la caída del sol y retorna a su madriguera antes del amanecer. Y dice más. Dice que, como los vampiros, Lilith tiene el poder de atravesar cualquier tipo de pared, por sólida que sea. Gutiérrez sabe todo esto después de haber leído la fotocopia de un artículo publicado en una revista que hace más de veinte años ha dejado de salir. Se trata de uno de los artículos que le dio Marabini. Tal vez, el único que Marabini ha leído. En definitiva, Marabini siempre tiene razón.

«Desde lo profundo de la noche ciertos seres monstruosos nos acechan», escribe Gutiérrez. Lee lo que ha escrito y piensa que es un buen comienzo. No es un buen comienzo, pero Gutiérrez no lo modificará. Cuando se trata de escribir un libro cada quince días, no hay tiempo para correcciones. Por otra parte, de las correcciones se ocupan los correctores.

III

Gutiérrez jamás habla de su infancia. Ante semejante silencio surge una pregunta ineludible: ¿cómo habrá sido la infancia de Gutiérrez? Pregunta que a su vez abre otro interrogante: ¿por qué Gutiérrez jamás habla de su infancia? No es sencillo llegar a una respuesta. Él ayuda poco o nada. Se niega a brindar datos que alumbren, aunque sea malamente, los lejanos días de su niñez. A Ivana jamás le habló de aquellos días. Ni en un solo instante de todos los que estuvieron juntos, Gutiérrez le dijo a Ivana la menor palabra de su infancia. Ivana, por el contrario, le habló largamente de sus tiempos de niña. Le habló del barrio en donde había vivido, de sus padres y de sus hermanos, y le habló de sus años en la escuela primaria; incluso se extendió a los dos primeros de la secundaria. Se puede decir que Ivana le contó a Gutiérrez muchas cosas de su infancia y del comienzo de su adolescencia. Gutiérrez, en cambio, prefirió el silencio. A Ivana no pareció preocuparle ese silencio.

Si como suele decirse, la infancia marca a un individuo, sería de enorme utilidad tener información acerca de la infancia de Gutiérrez. Sabríamos, por ejemplo, por qué Gutiérrez eligió la literatura. No podés llamar literatura a esas porquerías que escribís por encargo, suele decirle Requejo, las veces que por casualidad Gutiérrez y Requejo se encuentran en la calle o en alguna librería o en una tienda cualquiera. Gutiérrez, poco afecto a las discusiones, no discute con Requejo sobre qué es la literatura. Gutiérrez piensa que no vale la pena entrar en polémicas, y evita ese tipo de discusiones. Pero Requejo insiste. En una oportunidad le habló de un artículo firmado por cierto escritor que Gutiérrez respeta y Requejo desprecia. *Toda literatura es por encargo*, se titulaba el artículo, y el escritor que Gutiérrez respeta y Requejo desprecia, entre otras cosas afirmaba: «Todo arte es arte por encargo. Bach y Mozart componían a pedido de sus mecenas; y la gran pintura renacentista fue realizada por idénticos motivos. No se cuestiona la acción, sino el resultado de esa acción. El papa Julio II contrató a Miguel Angel para que le diese vida a la bóveda de una capilla; el generalísimo Franco a un equipo de artistas mediocres para que hicieran algo parecido con las paredes de una iglesia construida en honor del Alzamiento. Basta visitar la luminosa belleza de la Sixtina, y luego atreverse a dar una vuelta por el engendro del Valle de los Caídos para entender lo que digo». ¿Estás de acuerdo con las tonterías que dice este mediocre?, le preguntó aquella vez Requejo a Gutiérrez. En ciertas cosas sí y en ciertas cosas no, dijo Gutiérrez, pero no dijo en cuáles estaba de acuerdo y en cuáles no; por lo que no hubo espacio para el debate.

Según Freud, el hombre adulto no hace otra cosa que padecer los recuerdos de su infancia. Si fuera válida esta afirmación, Gutiérrez tuvo que haber tenido una infancia más bien chata; sin mayores sobresaltos. Habrá que imaginar que Gutiérrez se crió en el seno de una familia casi burguesa. Hijo de una madre preocupada por los chicos de la calle y otros males del mundo, y de un padre médico o, mejor, abogado. Gutiérrez seguramente fue hijo único. Sobreprotegido por su madre, y con una relación de temor y respeto hacia su padre. En la casa de la familia Gutiérrez había una gran biblioteca, con más de un libro vedado para los ojos del pequeño Gutiérrez. Tal vez ese veto despertó el interés por la lectura en el pequeño Gutiérrez; de ahí a la escritura hay un solo paso. ¿Aquella antigua prohibición habrá contribuido a que Gutiérrez eligiera la literatura como un medio de vida? Es una pregunta sin respuesta. No hay un solo dato que asevere que Gutiérrez haya sido hijo único, con una madre sobreprotectora y un padre severo. Tampoco que fuera integrante de una familia casi burguesa, poseedora de una gran biblioteca.

Gutiérrez bien pudo ser uno de los cuatro hermanos Gutiérrez, todos varones y todos hijos de Francisco Gutiérrez, de profesión tornero, y de doña Carmen Volando, de profesión ama de casa. Gutiérrez padre tal vez haya sido un hombre de pocas palabras pero claras convicciones políticas. Socialista de la primera hora, se habrá preocupado de que sus hijos se criaran según ese ideario. En la humilde casa de los Gutiérrez había muy pocos libros, no tenían espacio para montar una biblioteca; tampoco tenían dinero para comprarlos. Estas carencias no mermaron el interés por la lectura que el Gutiérrez que nos interesa había demostrado desde muy chico. Los otros tres hermanos Gutiérrez solían burlarse del Gutiérrez que nos interesa. Se burlaban porque el Gutiérrez que nos interesa prefería pasar las tardes en la biblioteca pública del barrio en lugar de pasarlas en la plaza, jugando al fútbol. En esa biblioteca pública el Gutiérrez que nos interesa leyó todo lo que tenía a mano, sin ton ni son, desde Shakespeare a Vargas Vila; de ahí a la escritura hay un solo paso. ¿Esa biblioteca pública del barrio habrá contribuido a que Gutiérrez eligiera la literatura como un medio de vida? También es una pregunta sin respuesta. No hay un solo dato que demuestre que Gutiérrez haya sido uno de los cuatro hermanos de esa supuesta familia obrera, con un padre de ideas socialistas.

Gutiérrez bien pudo haber sido un niño huérfano, casi un personaje de Dickens, pupilo en un colegio jesuita. Un alumno callado y respetuoso, poco amigo de las discusiones. Un chico indudablemente tímido que en los recreos eludía a los grupos revoltosos. Optaba por quedarse solo con sus asuntos en el rincón más apartado del patio del colegio. Pero sobre todo prefería las rigurosas naves de la biblioteca. Pasaba horas y horas, en el silencio de esos salones centenarios, inclinado sobre volúmenes religiosos y profanos. Los padres rectores no dudaban de la vocación sacerdotal de ese niño retraído tan afecto a la lectura; de ahí a la escritura hay un solo paso. ¿Las rigurosas naves de la biblioteca jesuita habrán contribuido a que Gutiérrez eligiera la literatura como un medio de vida? Vuelve a ser una pregunta sin respuesta. No hay un solo dato que demuestre que Gutiérrez haya sido un niño huérfano, pupilo en un colegio religioso.

Éstas pueden ser tres infancias posibles de Gutiérrez. Queda a gusto de cada cual elegir la que le plazca. Habrá que tener en cuenta que sólo se trata de un trío de probabilidades ante un número que, según cómo se mire, podría ser infinito. Conclusión que en lugar de atemperar el problema lo complica, tornando más oscuros los primeros años de Gutiérrez.

Suele decirse que los escritores reflejan su infancia en los textos que escriben. En las novelas escritas por Gutiérrez, sin que importe el género que haya abordado (románticas, policiales, eróticas, del *far west*, etcétera), jamás aparece un solo dato acerca de la infancia de Gutiérrez. Por supuesto, es imposible encontrar esos datos en los libros de ciencias ocultas escritos por Gutiérrez; tampoco están en los de autoayuda. Tanto los volúmenes de ficción como los de divulgación científica son libros redactados a expreso pedido de Marabini. La infancia, como bien se sabe, es un período esencial en la vida de cualquier ser humano. Gutiérrez no tiene por qué andar ventilando su infancia en textos escritos por encargo. Tampoco la ventila cuando bajo el papel de Conan el Magnífico navega por el ciberespacio. Claro que en ese caso no estaría hablando de la infancia de Gutiérrez sino de la infancia de Conan. Una infancia que no guarda secretos; cualquiera que haya leído las aventuras de Conan la conoce.

Una posibilidad podría ser la novela secreta que Gutiérrez escribe y protege mediante una clave de seguridad en el disco rígido de su computadora. Sin embargo, todo indica que tampoco en esa novela secreta será posible rastrear la infancia de Gutiérrez. En ese texto, del que sólo se sabe que intenta descifrar el enigma de los correctores, de ninguna manera tienen por qué aparecer pistas que revelen un solo dato de la infancia de Gutiérrez. Probablemente, la novela secreta que Gutiérrez está escribiendo tenga las características de un policial; género inventado por Poe precisamente para resolver enigmas. Si esto fuera así, si la novela secreta que Gutiérrez está escribiendo fuera un policial, casi con seguridad su protagonista será Eric Thompson, el detective inventado por Gutiérrez y principal héroe en muchas de las novelas policiales que Gutiérrez ha escrito por encargo de Marabini. En este caso, lograríamos información acerca de la infancia de Eric Thompson, el detective inventado por Gutiérrez, pero no sabríamos una sola palabra acerca de la infancia de Gutiérrez, que es lo que en definitiva nos interesa. Para llegar a la auténtica infancia de Gutiérrez habrá que aguardar a que Gutiérrez escriba la novela auténtica; esa novela de la que Gutiérrez suele hablar con Requejo cuando por casualidad se encuentran en la calle o en alguna librería o en una tienda cualquiera. ¿Se referirá por fin Gutiérrez a su infancia en la novela auténtica que piensa escribir? Ésta también es una pregunta sin respuesta. Gutiérrez no le ha dicho a Requejo cuál es el tema de su novela auténtica, no le ha dicho si piensa escribirla en primera, en segunda o en tercera persona; no le ha dicho si será una novela epistolar o una novela romántica, una novela de aventuras o una novela fantástica. Por supuesto, tampoco le ha dicho si en esa novela auténtica, Gutiérrez se referirá a su propia infancia. Lo curioso es que Requejo no se molesta en buscar respuesta a ninguno de estos interrogantes; tampoco le pregunta a Gutiérrez por su infancia. Cualquiera podría suponer que es una suerte de pacto entre Gutiérrez y Requejo; un pacto de silencio, algo así como el clásico «de eso no se habla». Quien suponga esto se equivoca. Simplemente, a Requejo le interesa poco el tema y la forma que Gutiérrez elegirá para su novela auténtica; y menos le interesa la infancia de Gutiérrez. No hay por qué buscar segundas intenciones.

Para conocer la infancia de Gutiérrez no queda otro camino, entonces, que aguardar a que Gutiérrez escriba y publique su novela auténtica. Confiar en que seguramente allí Gutiérrez hablará de sus años como niño. Aunque tampoco hay que hacerse mayores ilusiones. Gutiérrez más de una vez ha pensado que los correctores también pueden corregirle ese texto. En tal caso, no estaríamos frente a la legítima infancia de Gutiérrez sino ante una infancia apócrifa, inventada por los correctores.

IV

Los vampirólogos modernos aseguran que el primer vampiro fue Lilith, Reina de la Noche y Madre de los Demonios. Esos vampirólogos también sostienen que Lilith fue antes que nada el primer intento, frustrado intento, de Yahvé por crear a la mujer. El vicioso contacto de los labios de Lilith con la garganta de algún indefenso mortal del Oriente Medio y la incisión de sus afilados dientes, con el único propósito de beber la sangre de la víctima, iniciaron la estirpe de los vampiros. Una estirpe que ha proliferado a escala internacional. Gutiérrez no duda que este comienzo de capítulo será del agrado de Marabini.

Debe atrapar de entrada, Gutiérrez, postula sin descanso Marabini. Tiene que agarrar al lector de la nariz y llevarlo a través de la historia, a través del texto, ¿me entiende, Gutiérrez?, pregunta Marabini y con el pulgar y el índice de la mano derecha hace el gesto de quien atrapa algo (en este caso, la nariz del lector) y lo arrastra por encima de algo (en este caso, el texto). ¿Me entiende, Gutiérrez?, repite Marabini. Gutiérrez dice que sí, que lo entiende, aunque íntimamente piensa que de ese modo el texto más que leerse se huele. Lo piensa, pero nunca se lo dice a Marabini, ni jamás se lo dirá; con Marabini no vale la pena complicarse en discusiones sin sentido. Por otra parte, la palabra final la tienen los correctores.

Iniciaron la estirpe de los vampiros. Una estirpe que ha proliferado a escala internacional, relee Gutiérrez y está seguro de que los correctores lo dejarán así, tal como termina de escribirlo; sin quitarle ni ponerle una sola palabra. Piensa que incluso van a respetar los signos de puntuación. Porque, en definitiva, cada cual puntúa como mejor le parece. Según el ritmo, según la respiración del relato. Eso está claro para Gutiérrez, aunque no está claro para los correctores. Para los correctores hay una regla estricta e irreductible. Debe someterse a esa regla, Gutiérrez, le dijo Marabini, no le queda otra. Se lo dijo hace algunos años. Gutiérrez apenas había escrito dos o tres libros para Marabini. De acuerdo, no me queda otra, dijo aquella vez Gutiérrez, pero a veces el ritmo de la narración exige cambiar las reglas. Ni se le ocurra, Gutiérrez, dijo Marabini, ¿Quién es usted para cambiar las reglas? Limítese a escribir lo que le encargo, que para eso se le paga. Yo sólo quería, comenzó a decir aquella vez Gutiérrez. Yo sólo nada, lo interrumpió Marabini, usted sólo escriba lo que se le encarga, Gutiérrez, no me traiga más problemas. Desde entonces Gutiérrez escribe lo que le encargan. Los correctores se ocupan del resto. ¿Los correctores también operarán con los textos de los autores consagrados? Es una pregunta que a menudo se hace Gutiérrez y que aún no tiene respuesta. Los autores consagrados son, no es necesario repetirlo, aquellos autores que le dedicaron una foto a Marabini. Las fotos que se exhiben en la pared del despacho de Marabini. ¿Esos autores también quedarán en manos de los correctores? A Gutiérrez le cuesta creerlo.

Requejo, en cambio, no tiene la menor duda. Esos autores consagrados son tan miserables como vos, afirma Requejo. Palabras duras viniendo de un amigo. Aunque tal vez sea un poco exagerado sostener que Gutiérrez y Requejo sean amigos. Requejo y Gutiérrez se encuentran casi siempre por la calle, y siempre por casualidad. Gutiérrez nunca ha llamado a Requejo por teléfono. Jamás se le ocurrió llamarlo para preguntarle cómo está o para fijar una cita o para consultarle algo. Llamarlo, como suele llamarse a los amigos. Nunca, ni una sola vez lo ha llamado. En cierta oportunidad Requejo se lo reprochó a Gutiérrez. No podemos considerarnos amigos, le dijo, si nunca me llamás por teléfono. La respuesta de Gutiérrez fue contundente. ¿Qué pasaba antes de que Graham Bell inventara el teléfono, acaso no existía la amistad?, le dijo Gutiérrez a Requejo. Nunca más discutieron el tema. Gutiérrez persistió en no llamarlo y Requejo hizo exactamente lo mismo. Por consiguiente, los encuentros de Gutiérrez y Requejo continúan siendo casuales. Pueden suceder en la calle o en alguna librería o en una tienda cualquiera. Cuando se encuentran suelen hablar largo rato, hablan acerca de las cosas que a ambos les importan en ese momento.

La vez que Requejo le dijo a Gutiérrez esas palabras tan duras, Gutiérrez y Requejo estaban hablando de los escritores consagrados. ¿Vos crees que los escritores consagrados también quedan en manos de los correctores?, le preguntó Gutiérrez a Requejo. Requejo le contestó lo que le contestó. Fue duro, sin embargo a Gutiérrez le cayó como si nada. Su amigo Requejo (Gutiérrez pese a todo lo considera su amigo) es un rebelde por naturaleza. Todo rebelde, como bien se sabe, es difícil de dirigir, de educar o de gobernar, ya que no obedece ni atiende lo que se le manda o indica. Requejo es uno de los pocos ciudadanos que aún se atreven a fumar en público. Suele andar con un cigarrillo entre los labios, echando humo a diestra y siniestra, y poco le importa cómo lo miren o qué le digan. Gutiérrez sabe que a Requejo no le gusta fumar; sabe que odia el cigarrillo. Pero también sabe que Requejo es capaz de cualquier sacrificio, capaz de cualquier cosa, sólo por llevar la contraria. Eso es algo que Gutiérrez no soporta de Requejo.

Hay otras cosas que no soporta. Por ejemplo, no soporta que diga que los escritores de hoy en día sólo escriben basura sin sentido. Requejo acepta a los clásicos griegos y latinos, incluso no pone reparos en obras como *La canción de Rolando* o *El cantar del Mío Cid*, pero rechaza a la totalidad de los trovadores medievales. En ese asunto es categórico. Dice que aceptarlos sería lo mismo que aceptar a los letristas de esas canciones de porquería que ahora se oyen por radio y por televisión. Entonces no queda nadie, dice Gutiérrez. Sí que quedan, se trata de saber buscarlos, no hay por qué aceptar lo que graciosamente te imponen desde arriba, dice Requejo y con el índice de la mano derecha señala hacia el cielo. ¿Al Dante y a Petrarca, nos los han impuesto desde arriba?, dice Gutiérrez y también señala hacia el cielo. ¿Qué pasa con Cervantes y con Shakespeare?, pregunta Gutiérrez, y piensa que con semejante pregunta dará por terminada la discusión. Se equivoca. Requejo dice que sí, que están impuestos desde arriba, y dice que antes que tu Dante y tu Petrarca están Dino Frescobaldi y Gianni Alfani, ambos florentinos y geniales, aunque ya nadie hable de ellos. Todos se ensañan con Alonso Fernández de Avellaneda, dice Requejo, pero no hay quién se atreva a comparar uno y otro Quijote. ¿Sabés por qué?, pregunta Requejo. Porque el Quijote de Cervantes no existe al lado del Quijote de Avellaneda. Me parece que estás equivocado, dice Gutiérrez. Esto último Requejo no lo oye, porque sigue hablando. En cuanto a Shakespeare, dice Requejo, *La tragedia española*, una sola pieza de Thomas Kyd, su única pieza, es superior a toda la obra del mal llamado Cisne del Avon. Por no hablar de Christhoper Marlowe, que si no se hubiera muerto joven... Me parece que estás equivocado, repite Gutiérrez. ¿No se murió joven?, pregunta Requejo. Sí, creo que antes de cumplir los treinta años, dice Gutiérrez. Pero yo te hablo de otra cosa, dice. Estás equivocado con Dante y con Petrarca, con Cervantes y con Shakespeare: el tiempo los consagró, y eso ya no hay quién lo discuta. La consagración y el tiempo poco importan, dice Requejo. Mirá lo que sucedió con Giambattista Marino. A comienzos del XVII loas para el siciliano, *Adonis* fue considerado como uno de los

37

mayores poemas de la humanidad. Decime en cuántos manuales se lo cita hoy en día, decime quién se acuerda hoy de Giambattista Marino. Borges lo nombra, dice Gutiérrez. «Lo sorprendió la Pálida una tarde / Leyendo las estrofas del Marino», entona Gutiérrez a media voz, y piensa que con esos dos versos dará por terminada la discusión. Se equivoca. Todo el mundo cree que Borges habla de un navegante, dice Requejo, de un simple navegante, no del poeta que escribió: «Tanticchieda ci si'ntramata lasca, / ma, si ciuscia stu ventu, cridi a mia, / a picca a picca spingirai la nasca». ¿Eso qué es?, pregunta Gutiérrez. Siciliano, dice Requejo, Giambattista Marino escribía en siciliano. Vos citás a escritores de segundo orden, dice Gutiérrez, al menos reconocé que son de segundo orden. No entendés nada, dice Requejo, algún día esos escritores ocuparán el sitio que les corresponde, dale tiempo al tiempo. Pero recién dijiste que el tiempo poco importa, dice Gutiérrez. No entendés nada, insiste Requejo. Es una cuestión de gustos, concede Gutiérrez. Gutiérrez es poco amigo de las discusiones.

Si bien es cierto que Requejo no perdona a un solo autor contemporáneo, también es cierto que no mide a todos con la misma vara. Requejo tiene una suerte de escala de valores, una tabla de posiciones. Al final de esa tabla están los autores cuyas fotos dedicadas cuelgan en la pared del despacho de Marabini. En el tema de las fotos Requejo es inflexible. Poco importa lo que hayan escrito esos autores, exhibirse en la pared del despacho de Marabini los condena para siempre. Requejo no conoce a Marabini, jamás ha ido a la editorial, ¿cómo sabe entonces quiénes son los autores que cuelgan de la pared del despacho de Marabini? Gutiérrez le brinda esa información. Cada vez que Gutiérrez y Requejo por casualidad se encuentran en la calle, en alguna librería o en una tienda cualquiera, Gutiérrez le informa a Requejo acerca de las nuevas fotografías que cuelgan de la pared del despacho de Marabini. Es lo primero que le dice. Antes del saludo formal, Gutiérrez murmura casi al oído de Requejo el nombre del escritor que Marabini ha incorporado en su pared. A veces le dice la verdad y a veces no. Gutiérrez suele nombrarle a Requejo autores que no están en la pared del despacho de Marabini, que seguramente jamás van a estar. No importa que sea verdad o mentira; Gutiérrez sabe que a partir del momento en que lo nombra, ese escritor irá al final de la tabla de Requejo. Eso hace feliz a Gutiérrez. No sabe por qué, pero lo hace feliz.

Requejo también es escritor, pero dice que no escribe a tanto la línea. No soy un escritor fantasma, dice Requejo. Gutiérrez suele preguntarle a Requejo qué es lo que escribe. ¿Escribís cuentos o novelas?, le pregunta Gutiérrez, pero Requejo no dice una palabra. ¿Escribís poemas?, pregunta Gutiérrez, pero Requejo no dice una palabra. ¿Ensayos?, insiste Gutiérrez, pero Requejo no dice una palabra. Requejo hasta ahora no le ha dicho a Gutiérrez una palabra de lo que realmente escribe. No soy un escritor fantasma, repite Requejo. Gutiérrez, sin embargo, piensa que Requejo es el más fantasma de todos los escritores fantasmas, porque nunca tiene nada para mostrar.

¿Por qué diablos Gutiérrez piensa en Requejo si hace mucho que no lo encuentra ni por la calle ni en alguna librería ni en una tienda cualquiera? Tal vez Gutiérrez piensa en Requejo porque no logra avanzar en la biografía de Lilith. «Yahvé la creó del barro para que fuera la mujer de Adán.» Hace un largo rato que Gutiérrez escribió esa frase y hace un largo rato que la línea vertical del cursor titila sin descanso junto a la *n* de Adán. Ahora Gutiérrez se pone de pie y camina de una punta a otra del living. Se detiene frente a la ventana y durante diez minutos mira a la pared ciega del edificio vecino; después regresa a la computadora. Gutiérrez sabe que han pasado más de diez minutos porque sobre la pantalla del monitor brilla el protector de pantalla, y el protector de pantalla está programado para ponerse en funcionamiento cada diez minutos. Cuando tuvo que elegir las

39

imágenes del protector, Gutiérrez decidió que fueran palabras en lugar de figuras, y optó por una cita de Borges. Cada
vez que el protector se pone en marcha, sobre la pantalla se
lee: «Yo sólo escribo lo que ya está escrito». Gutiérrez prefiere esa frase antes que las inagotables tostadoras eléctricas
voladoras, antes que al pato atolondrado subiendo por una
escalera que no acaba nunca, o antes que al resplandeciente
calidoscopio con sus infinitos colores. Para que todo vuelva
a la realidad, basta con pulsar cualquier tecla. Gutiérrez la
acaba de pulsar y ahora lee: «Yahvé la creó del barro para
que fuera la mujer de Adán»; de inmediato agrega: «pero su
alma salió torcida y sólo engendró monstruos malignos». Se
alegra porque parece haber conseguido el ritmo. Mirar la
pared ciega siempre le da buenos resultados.

La primera de las dos entregas Gutiérrez la hizo el lunes
pasado, la segunda y última tendrá que hacerla el próximo
lunes, antes de las cinco de la tarde. Para el próximo lunes
apenas faltan tres días. Cuatro, si contamos también el lunes. Gutiérrez puede trabajar algunas horas el mismo lunes
por la mañana, muchas veces lo ha hecho. En este caso, no
le sobra tiempo. Esta biografía de Lilith bien puede ubicarse
en la categoría de texto científico. Gutiérrez sabe que los libros científicos demandan más tiempo. No hay grandes posibilidades de mentir, como libremente se puede y se debe
mentir en la ficción. Y aunque Gutiérrez es poco amigo de la
mentira, prefiere escribir libros de ficción antes que libros
científicos.

V

El reloj está a punto de marcar las doce y Gutiérrez se dispone a repetir una ceremonia que suele celebrar a medianoche. Apaga las lámparas del living y controla que estén a oscuras el dormitorio, el baño, la cocina y el lavadero. Sólo brilla la pantalla de la computadora, porque la computadora queda encendida. El resplandor de la pantalla apenas ilumina el ambiente; pero no produce ningún efecto fantasmagórico, como a simple vista y así leído podría imaginarse. Gutiérrez ocupa la silla que está frente a la computadora, acciona el *mouse* para entrar en Internet y aguarda a que la máquina cumpla con la orden que le ha dado. Es una espera corta, dura menos de medio minuto. En ese tiempo Gutiérrez no piensa en nada; poco se puede pensar en menos de medio minuto. El camino al ciberespacio ya está abierto. Ahora Gutiérrez mueve el *mouse* dispuesto a emprender ese camino. La flecha del *mouse* se ha transformado en un reloj de arena, por lo que habrá que esperar unos segundos. Gutiérrez sabe que a esa hora de la noche, cargada como está la Red, van a ser muchos segundos; pero no se preocupa. Hay que saber esperar, y Gutiérrez no tiene otra cosa que hacer.

Ahora Gutiérrez escribe su clave secreta, formada por cuatro letras y un número, y entra en *chat.prospero.com.*, su servidor. Es el mismo servidor que atiende a Gutiérrez desde el primer día en que Gutiérrez decidió navegar por la Red. Los técnicos de *chat.prospero.com* teóricamente tendrían que conocer el verdadero nombre de Gutiérrez. Pero en la práctica no lo conocen. Cuando Gutiérrez tomó el servicio dijo que se llamaba González, dio un número de documento que se parecía al suyo, pero que no era el suyo, y aseguró que el abono mensual lo pagaría por banco y en efectivo. Es lo que Gutiérrez hace mes a mes. Por tal razón, para la gente de *chat.prospero.com* el verdadero nombre de Gutiérrez es González y González, como bien se nota, tiene poco que ver con Gutiérrez.

En este momento una serie de palabras escritas en inglés y diversas figuras animadas ocupan la pantalla. Gutiérrez ignora la publicidad, mira las palabras y las figuras pero no les da importancia ni a unas ni a otras. Gutiérrez dirige la flecha del mouse hasta la opción «Chat» y oprime el botón izquierdo. Nuevas palabras de colores y figuras animadas le anuncian que ya está en la Red. A partir de este instante Gutiérrez dejará de ser Gutiérrez y comenzará a ser Conan. Conan, el Cimmeriano; o Conan, el Bárbaro; o Conan, el Guerrero; como cada cual prefiera, ya que poco importa el adjetivo. Para chatear por Internet, Gutiérrez se convierte en Conan. Con ese nombre lo conocen sus amigos y amigas que navegan por el ciberespacio. ¿Por qué eligió ese nombre? Podrían exponerse diferentes hipótesis y, como siempre pasa, todas ellas se acercarían mucho a la realidad, pero ninguna alcanzaría a ser *la* realidad.

La realidad es Conan este domingo a las doce y media de la noche a punto de chatear con sus amigos y amigas de la Red. Chatear es un barbarismo derivado de «chat», palabra inglesa que significa «charlar», y «charlar» probablemente venga del italiano «ciarlare», una voz del siglo XIV de la cual derivaría «charlatán». «Charlatán», como todo el mundo sabe, se aplica a la persona que habla demasiado. Apelativo que de ninguna manera merecen los amigos y amigas de la Red que chatean con Conan, ya que todos ellos, incluso el propio Conan, hablan sólo lo necesario, y a veces, muchas veces, menos de lo necesario. Es decir, que no son charlatanes, aunque la totalidad de ellos ejercite hasta sus últimas consecuencias el acto de charlar. «Hablar mucho, sin sustancia o fuera de propósito» / «Conversar, platicar sin objeto determinado y sólo por mero pasatiempo», según aclara el Diccionario.

A los amigos y amigas de Conan que navegan por la Red poco les importan esos detalles: están acostumbrados a admitir las cosas sin segundas intenciones. Desde el mismo momento en que Conan apareció en la Red, aceptaron que Conan se llamara Conan. Conan, el Bárbaro; o Conan, el Guerrero; o Conan, el Cimmeriano. Ni uno solo de los amigos y amigas que navegan por la Red saben que en realidad Conan se llama Gutiérrez. Pero ¿cuál es en realidad la realidad? Los amigos y amigas de Conan que navegan por la Red no preguntan lo que no tienen que preguntar ni pierden el tiempo en interpretaciones que no conducen a nada. Son cosas del ciberespacio.

Conan lleva la flecha hasta la lista de salones de chateo, oprime el botón izquierdo del *mouse* y sobre la derecha de la pantalla aparecen los que en ese momento están en actividad. En el salón local hay cincuenta y seis personas conectadas, en el salón «Conferencias» sólo hay cuatro, y no hay nadie ni en el salón «Deportes» ni en el salón «Esoterismo». En el salón «España» (que es el único que le interesa a Conan) hay cinco personas. Conan no lo duda. Dirige la flecha del *mouse* hasta el salón «España» y de ahí al recuadro «Ir». Si alguien piensa que Conan rechazó el salón de su país porque había mucha gente, se equivoca. También se equivoca si piensa que lo hizo movido por sentimientos antipatrióticos. Ni lo uno ni lo otro. Conan fatalmente elige el salón «España» porque en ese salón están sus amigos y amigas del ciberespacio. «¡Bienvenido a España!», se ve ahora en la pantalla y de inmediato, sobre el costado derecho, aparecen los nombres: Dolores, Beto, Jordi, Killer y Paloma. Conan conoce a todos menos a Jordi. Conoce a todos es un modo de decir, ya que si bien Conan hace mucho que chatea con ellos, sólo sabe que Dolores vive en algún lugar de España y que Paloma es mexicana, de México D.F.; sospecha que Killer puede ser venezolano o colombiano; y Beto es compatriota de Conan o es uruguayo; no cabe otra posibilidad. Acerca de Jordi no sabe nada de nada, porque Jordi recién entra, tal vez se quede un rato y después se vaya para siempre; en el ciberespacio también hay muchos inconstantes.

Salud, amigos, Conan ha llegado, escribe Conan. La respuesta no se hace esperar. Sobre la pantalla aparece:

PALOMA: Hola, Conan.

Por lo que Conan escribe: Hola, Paloma, me da gusto encontrarte, y espera respuesta. No es Paloma quien contesta, sino Beto. Sobre la pantalla aparece:

BETO: ¿Qué tal, macho? ¿Cómo van esas conquistas?

Beto está convencido de que Conan cumple al pie de la letra con su papel de conquistador, violento y apasionado, y Conan ha decidido no romperle la ilusión. No tengo quejas, responde Conan y espera ansioso las palabras de Dolores. Los amigos del ciberespacio nada saben de esa ansiedad de Gutiérrez, hay sensaciones que no se pueden reflejar en la pantalla. En esta oportunidad la ansiedad de Gutiérrez dura poco: acaba de aparecer el mensaje de Dolores.

DOLORES: A mí también me da gusto encontrarte, majo.

Y antes de que Conan pueda contestarle surge un nuevo mensaje de Paloma.

PALOMA: ¡Qué bueno tenerte con nosotras!

Conan sospecha que íntimamente Paloma y Dolores se lo disputan. Sabe que Paloma ronda los cuarenta años. Hace dos confesó que tenía treinta y ocho, por lo que ahora tendrá cuarenta; pero a lo mejor tiene muchos más, o muchos menos. Dolores jamás dijo su edad. Tal vez sea mayor que

Paloma o tal vez no. En el ciberespacio se puede mentir sin problemas porque en el fondo sólo interesa lo que aparece escrito y no lo que realmente es.

Si Conan tuviera que elegir entre Paloma y Dolores, se quedaría con Dolores. ¿Por qué con Dolores? Porque Dolores fatalmente le recuerda a Nuestra Señora de los Dolores, a la imagen de Nuestra Señora de los Dolores. Aquí surge una contradicción. Conan vivió en la Edad Hiboria, es decir, ocho mil años después del hundimiento de la Atlántida y diez mil años antes del nacimiento de Cristo. Conan jamás pudo conocer a María. ¿Cómo puede Conan recordar aquello que no conoce? En realidad, quien recuerda no es Conan sino Gutiérrez. Para entender esto habrá que dejar a Conan en el ciberespacio y volver por un momento a Gutiérrez, a una tarde de hace algunos años, cuando Gutiérrez se encontró por primera vez con la imagen de Nuestra Señora de los Dolores.

Un libro, la escritura de un libro, llevó a Gutiérrez hasta esa imagen. Gutiérrez navegaba por Internet a la búsqueda de material para *Secretos de la Tierra de María Santísima,* una guía turístico-religiosa que Marabini le encargara. Gutiérrez tenía que realizar un detallado recorrido por las principales iglesias de Sevilla. Sus palabras deberán ser como fotos, le había dicho Marabini, tendrán que mostrar e informar. ¿Me entiende, Gutiérrez?, le había dicho Marabini. Gutiérrez le había dicho que sí, que lo entendía. Esa misma noche Gutiérrez entró a Internet con el propósito de enterarse de cuáles eran las principales iglesias de Sevilla, dónde estaban y qué tenían para ofrecerle. No era la primera vez que Gutiérrez recurría a Internet para conseguir información, tampoco iba a ser la última. Sin embargo, esa vez fue diferente a todas las otras, tanto las pasadas como las por venir. Esa vez Gutiérrez conoció a Nuestra Señora de los Dolores. Fue así:

Después de varios intentos sin resultado positivo, Gutiérrez comprendió que nada iba a lograr preguntando por Virgen, Iglesias o Sevilla. En la ventana «Buscar» de Yahoo, Gutiérrez escribió Semana Santa y de las muchas opciones que aparecieron eligió Semana Santa en Sevilla. La página ofrecía Programa, Hermandades, Historia, Música, Terminología, Sugerencias, Curiosidades y Guía de la Semana Santa en la Red. Gutiérrez puso la flecha del *mouse* sobre Hermandades y se quedó esperando. Fue una espera corta, porque de inmediato apareció sobre la pantalla la página Hermandades de Sevilla, con el nombre de las cincuenta y ocho hermandades y la estación de penitencia de cada una de ellas. Gutiérrez eligió La Esperanza de Triana. Sobre la pantalla aparecieron entonces las imágenes del Santísimo Cristo de las Tres Caídas y de María Santísima de la Esperanza. En la parte inferior, una serie de datos técnicos, que no vale la pena repetir. Gutiérrez comprendió que iba por buen camino. Supo que Nuestra Señora de la Esperanza, más conocida por «La Esperanza de Triana» está en la Capilla de los Marineros. Gutiérrez situó la flecha del mouse sobre la Hermandad de La Macarena y supo que María Santísima de la Esperanza, más conocida por «La Macarena», está en la Basílica de la Esperanza. Gutiérrez situó la flecha del mouse en la Hermandad de El Dulce Nombre y supo que María Santísima del Dulce Nombre está en la iglesia de San Lorenzo. Gutiérrez situó la flecha del mouse en la Hermandad El Cerro. No bien la página apareció en pantalla, Gutiérrez se enfrentó a la desesperada figura del Santísimo Cristo del Desamparo y el Abandono. Sin embargo, Gutiérrez no le dio importancia a esa imagen tan desgarradora. Gutiérrez dejó atrás la congoja de Cristo y fijó su atención en Nuestra Señora de los Dolores. De inmediato, Gutiérrez comprendió que Nuestra Señora de los Dolores era distinta a la Macarena y a la Esperanza de Triana, distinta a la Candelaria y a María Santísima del Dulce Nombre. Los ojos de Nuestra Señora de los Dolores no miraban al cielo, buscando al Altísimo, ni se inclinaban hacia tierra, rogando piedad. Los ojos de Nuestra Señora de los Dolores estaban más allá del cielo y de la tierra. Nuestra Señora de los Dolores no tenía lágrimas en sus mejillas y sus labios se ofrecían entreabiertos, en un confuso gesto que encerraba la incomprensión, el dolor y el placer. El rostro de Nuestra Señora de los Dolores era, digámoslo de una vez por todas, un rostro cargado de sensualidad, como Gutiérrez nunca antes había visto y como nunca más vería. Gutiérrez miró por largo rato la imagen de Nuestra Señora de los Dolores. Si alguien lo hubiera visto en ese momento habría pensado que se trataba de una promesa o de una desmedida prueba de fe. Nada de eso, se trataba de un simple acto de amor: Gutiérrez había encontrado a la mujer de sus sueños. Pero era un amor imposible; o lo que es peor: sacrílego. Gutiérrez quitó la vista de la pantalla y miró a su alrededor, con el gesto típico de quien está por hacer una travesura; después imprimió la imagen de Nuestra Señora de los Dolores. Desde entonces Gutiérrez la conserva en un sitio secreto. Una o dos veces por semana la retira de allí y la contempla largo rato. Esto no lo sabe nadie. Gutiérrez nunca lo ha contado, ni piensa contarlo. Pero aunque no lo piensa contar, Gutiérrez no puede evitar transferirle ese sentimiento a Conan. ¿Queda claro por qué al elegir entre Dolores y Paloma, Conan elegiría a Dolores? Una elección que, sin embargo, Conan ha resuelto mantener en secreto. Por eso ahora escribe: Esto es para ti, Dolores, y también para ti, Paloma, y agrega : *.

Acá es preciso detenerse una vez más. O al menos los que nunca han chateado por la Red tendrán que detenerse. Se hace necesario explicar la razón de ciertas señales gráficas, legisladas para la totalidad del ciberespacio. Esas señales reciben el nombre de *smiley*. ¿De qué se trata? Se trata de signos que permiten mostrar aquellas reacciones o emociones que podrían producirse durante el chateo. Por ejemplo, si junto a lo que ha escrito usted pusiera :-), añadiría un toque cordial a sus palabras. Si, por el contrario, pusiera *:-i>* estaría demostrando absoluta indiferencia. Existen dos maneras de manifestar sarcasmo: *:->* y *>;->*. En este último caso, además del sarcasmo se agrega un guiño cómplice. Si lo que se pretende es sólo un guiño cómplice, sin sarcasmo, únicamente habrá que poner *;-)*. Para entender estos signos en su verdadera dimensión es necesario girar noventa grados la cabeza: mirarlos de costado. Hay otros *smileys*, más reducidos, pero que igualmente significan mucho. Para mostrar felicidad, por ejemplo, basta con anotar *:):*; la tristeza, en cambio, se puede manifestar de dos maneras *:(* o *:[*. Si usted pretende gritar, escriba *:o*; si el grito viene acompañado con un gesto de asombro, deberá escribir *:O*. Una carcajada es *:-))*; confesar que tiene algunas copas de más: *:}*. Si quiere decir que está bromeando, basta con que ponga *J/K*, si está confuso *?-)*, si decide enviar besos cariñosos, que es lo que acaba de hacer Conan, simplemente tendrá que anotar *:**.

Conan espera la respuesta, que no tarda en llegar. Primero llega la de Paloma.

PALOMA: Para Conan *:* ;-)*.

Después llega la de Dolores.

DOLORES: Para Conan *:**.

Conan hubiera preferido que el guiño de complicidad lo hubiese hecho Dolores, pero igual está contento: ambas lo han besado, para admiración de Beto e indignación de Killer. No hay más que leer los mensajes que mandan.

KILLER: ¿Quién te crees que eres, Conan el Magnífico?

BETO: *:O* ¡No afloje Conan!

Conan sonríe satisfecho, anota *;-)* y enseguida agrega *:-))*. Sus amigos lo entienden de inmediato porque tanto Beto como Killer le devuelven el guiño y las carcajadas. Incluso Jordi, que había permanecido callado hasta este momento, también envía una carcajada:

JORDI: *:-))*.

Jordi, ¿de dónde eres?, pregunta Conan y antes de que le

48

llegue la respuesta aparecen mensajes de Dolores, de Beto y de Paloma, en ese orden. Killer sigue en el salón, pero se ha quedado mudo. Dolores dice que el sueño la vence, Beto recomienda un programa que vio por cable y Paloma hace un chiste de mal gusto en torno a la virilidad de Conan. Conan va a contestarle pero en ese momento en la pantalla aparece Jordi.

JORDI: ¿Qué importa de dónde soy?

Tienes razón, reconoce Conan, y de inmediato todos chatean sin problemas ni agresiones. Hasta interviene Killer, que estaba tan callado.

Éstos son momentos de verdadero placer para Conan. Más que navegar flota en el ciberespacio. Se trata de una agradable sensación que le recorre el cuerpo, como si levitara. No es una definición exacta, pero es la que más se acerca a lo que ahora siente Conan. Una sensación que sólo aparece mientras chatea con sus amigos y amigas de la Red. Pero, bien se sabe, las cosas buenas también llegan a su fin. Killer y Beto se despiden hasta mañana o pasado. Jordi se va, con la promesa de volver. Dolores insiste en que el sueño es superior a ella y Paloma confiesa que está muerta de hambre y saluda con : *. para todos. Ahora se han incorporado otros tres nuevos nombres. Conan los ve en el lateral de la pantalla. Se trata de Pandy, Frodo y Spectra. Conan conoce a Frodo y a Spectra, pero en este momento no tiene ganas de chatear con ellos. Por eso escribe: Amigos, Conan se retira. Y no espera respuesta. Apaga la máquina y otra vez vuelve a ser Gutiérrez.

VI

Desplegar su brazo derecho con la mano abierta es el primer gesto que Gutiérrez hace este lunes por la mañana. En realidad, no es un gesto exclusivo de este lunes. Todas las mañanas Gutiérrez despliega el brazo derecho hacia el costado con un solo propósito: encontrar los anteojos que dejó sobre el cubo de madera que cumple las funciones de mesa de luz. Depositar sus anteojos sobre el cubo de madera que cumple las funciones de mesa de luz es el último gesto que realiza Gutiérrez antes de quedarse dormido; recogerlos, el primero que realiza al despertarse. Gutiérrez repite esta rutina de dejar y recoger desde hace algo más de treinta años; precisamente, desde el día en que comenzó a usar anteojos; o mejor, desde la primera noche que debió quitárselos. Gutiérrez aún recuerda ese momento. Para sacárselos usó la mano izquierda: con el índice de esa misma mano cerró una patilla, y con el índice de la mano derecha la otra; después colocó los anteojos en la mesa de luz, cuidando de que los cristales no tocaran la madera: le habían explicado que era el mejor modo de evitar que se rayaran. Para esta última acción (la de colocar los anteojos evitando que los cristales se rayaran) usó exclusivamente la mano derecha. Desde entonces, Gutiérrez ha cambiado de cama y de mesa de luz, pero aquella ceremonia inaugural se mantiene inalterable: mano izquierda para quitárselos, mano derecha para depositarlos sobre la mesa de luz, sin que los cristales toquen la madera. Más de una vez, cuando está a punto de dejar sus anteojos encima del cubo de madera que cumple las funciones de mesa de luz, Gutiérrez piensa que puede morir en mitad del sueño (hay mucha gente que muere mientras duerme) y lo último que piensa antes de quedarse dormido es ¿quién recogerá mañana mis anteojos? Por esa razón, extender el brazo cada mañana y encontrar sus anteojos es para Gutiérrez un modo de sentirse vivo otro día más.

Gutiérrez acaba de colocarse los anteojos. Se sienta en la cama, con su mano derecha busca el recipiente que guarda las pastillas diurnas y con sus pies busca el par de pantuflas que, bastante gastadas, lo esperan a escasos centímetros del cubo de madera que oficia de mesa de luz. Gutiérrez coloca una pastilla azul en su lengua, calza sus pantuflas y se pone de pie. Gutiérrez deja que la pastilla azul se deslice hacia su garganta. Es un movimiento mecánico que Gutiérrez practica desde hace años: una pastilla azul al acostarse; una pastilla azul al levantarse. Son del mismo color, pero cumplen diferente cometido.

Gutiérrez no usa pijama. Prefiere dormir en calzoncillos y en camiseta, con o sin mangas, según sea invierno o verano. Como ahora es invierno, lleva camiseta con mangas. Algo excedido de peso, angosto de hombros y de piel muy blanca, su aspecto en calzoncillos y camiseta no es del todo feliz. Gutiérrez lo sabe, por eso no tarda en vestirse. Previamente, claro está, pasa por el cuarto de baño. Allí lava sus dientes, se afeita y, finalmente, se baña. Siempre es una ducha corta y silenciosa. Gutiérrez no canta bajo la lluvia; nunca lo ha hecho. Después del último enjuague, Gutiérrez envuelve su cuerpo con una toalla y sale de la bañadera. Apoya sus pies mojados sobre una alfombra de plástico (estratégicamente ubicada entre el bidet y la bañadera), prescinde de las pantuflas, y se calza sandalias de playa. Por alguna razón que ha olvidado, cuando Gutiérrez camina descalzo lo hace en puntas de pie. Sabe que envuelto en una toalla y andando en puntillas, quedaría ridículo ante los ojos de cualquiera que lo mirara. Por eso, Gutiérrez recurre a las sandalias de playa para cubrir el corto trayecto que va desde el cuarto de baño hasta el dormitorio; las pantuflas las lleva en la mano. Gutiérrez se sienta en la cama y termina de secarse. Una vez que está definitivamente seco, vuelve a calzarse las pantuflas y retorna las sandalias de playa al cuarto de baño; las deja casi escondidas detrás del bidet. Ahí quedan, inactivas, hasta la mañana siguiente. Hay algo que no se puede negar: Gutiérrez cuida las formas.

Una vez vestido, Gutiérrez prepara café instantáneo y le agrega un poco de leche hervida. Hoy no tiene tiempo de saborearlo lentamente, por lo que Gutiérrez bebe su desayuno casi de un trago y de inmediato enciende la computadora. Ayer a la tarde Gutiérrez había dejado listo el último capítulo del libro sobre Lilith, la Madre de los Demonios, también llamada Reina de la Noche, y ahora realizará las correcciones finales. Gutiérrez pone en marcha el «Verificador Ortográfico» del procesador de texto y fija su atención en la pantalla: sabe que el programa subrayará cualquier término desconocido o incorrectamente escrito. Utilizar el «Verificador Ortográfico» casi no es necesario, ya que del texto definitivo (tanto en lo que hace a los conceptos como a la gramática) se ocuparán los correctores; más allá de lo que Gutiérrez o el Verificador Ortográfico piensen o hagan.

Gutiérrez mira la hora, faltan veinte minutos para las ocho. Gutiérrez le prometió a Marabini estar en la editorial antes del mediodía. Debe apurarse. Sin embargo, Gutiérrez no se apura. Se comporta como si contara con todo el tiempo del mundo. Sin nadie que te exija, le suele decir Requejo las veces que Gutiérrez y Requejo por casualidad se encuentran en la calle, en alguna librería o en una tienda cualquiera. Así es como de verdad se escribe, le dice Requejo, sin ningún editor que te esté apurando. Gutiérrez aprueba con un gesto y le dice que sí, que de ese modo va a escribir su novela auténtica. Acerca de la novela secreta que está escribiendo, Gutiérrez no dice una palabra. Nadie, ni siquiera Requejo, sabe de la existencia de esa novela. En cuanto a la novela auténtica que Gutiérrez promete escribir, Gutiérrez asegura que cuando la escriba no va a ser por encargo. Va a ser, afirma Gutiérrez, un texto trabajado lentamente, palabra a palabra, página a página, capítulo a capítulo. Va a ser otra cosa, dice Gutiérrez, ni un solo corrector se atreverá a tocarla. Aunque acerca de esto último, Gutiérrez tiene sus dudas: los correctores (se comenta) también operan con las novelas auténticas, las que se escriben palabra a palabra, página a página y capítulo a capítulo.

Pero Lilith, igualmente llamada Monstruo de la Noche y Dama de las Tinieblas, no es una novela; podría catalogarse como biografía fantástica o ensayo esotérico. Poco importa cómo se la clasifique, lo único cierto es que Gutiérrez debe entregarla hoy al mediodía. Es lo que le ha pedido Marabini, por lo que Gutiérrez deja de reflexionar acerca de cosas que no vienen al caso y se pone de lleno a revisar lo último que ha escrito. Lee a vuelo de pájaro mientras el tiempo pasa inexorablemente. Al tiempo no le interesan los problemas de Gutiérrez. Ni los míos ni los de nadie, piensa Gutiérrez y mira una vez más el reloj. Dirige el puntero del *mouse* a la opción «Archivar» y archiva el texto en la carpeta «Faenas» en el disco rígido. Luego busca un disquete de tres pulgadas y media, lo introduce en la boca del gabinete y copia ese archivo en el disquete. En la editorial se ocuparán de darle el nombre definitivo, Gutiérrez por ahora le ha puesto «Lilith.txt» y está a punto de llevárselo a Marabini. Otra obra terminada.

Gutiérrez cierra la puerta con dos vueltas de llave. Sabe que por un instante, lo que tarde en llegar hasta la escalera, Gutiérrez va a ocupar la exclusiva atención de la vecina del 2° C. La mirilla de la puerta del 2° C está levemente levantada, señal indudable de que la señora espía. Más de una vez Gutiérrez pensó en dedicarle un gesto obsceno a su vecina, pero hasta ahora no se ha atrevido; y es posible que no se atreva nunca.

Bajar los dos pisos y caminar las nueve cuadras que lo llevan hasta la parada del ómnibus es el primer ejercicio (y tal vez el último) que realizará Gutiérrez este día. Gutiérrez camina tranquilo, casi como si paseara, sin prestarle mayor atención a lo que sucede a su alrededor. Realmente, alrededor de Gutiérrez no hay nada que merezca la menor atención. Es la mañana de un lunes de invierno, idéntica a otras tantas mañanas de otros lunes de invierno. Gutiérrez sólo piensa que debe apurar el paso. Para que la caminata sea admitida como ejercicio se debe realizar a paso rápido, es lo que le dijo el médico a Gutiérrez, y Gutiérrez no le está haciendo ningún caso al médico. Gutiérrez se apresura y piensa que tal vez con suerte consiga un asiento desocupado en el ómnibus. Gutiérrez tiene suerte, consigue un sitio desocupado y, para mayor ventaja, junto a la ventanilla del lado que da el sol. Gutiérrez se instala en el asiento de una manera casi voluptuosa y no piensa en nada, sólo mira a sus compañeros de viaje. Detrás de Gutiérrez hay una pareja que habla en voz muy baja; tres de los siete hombres que componen el resto del pasaje cabecean un sueño; los otros cuatro ni hablan ni dormitan; tal vez piensan en nada, igual que Gutiérrez. Solo uno lee, no el diario sino un libro, por lo que a Gutiérrez se le ocurre que podría ser cualquiera de los tantos libros que él ha escrito. Pero no, a simple vista se advierte que es un volumen de mayor tamaño y sin tapas de vivos colores: un libro diferente a los que Gutiérrez escribe. Diez personas, sin contar al conductor, viajan hasta ese momento en el ómnibus; después subirá más gente, pero no hay que esperar cambios importantes. Gutiérrez lo sabe bien: hace años que realiza este mismo viaje y nunca, a lo largo de ese tiempo, sucedió algo digno de recordarse. Así es la vida, se dice Gutiérrez.

Afuera soplan vientos moderados del noreste y la temperatura llega a los cinco grados centígrados, con una sensación térmica de dos grados. El cielo está despejado y el sol pega con fuerza. Nada de esto parece importarle a los que ahora andan rápido por la calle, faltan unos minutos para las nueve de la mañana, es hora de entrar al trabajo y no se puede perder el tiempo en nimiedades como el viento, el frío o el sol. Gutiérrez los comprende. Gutiérrez también en algún momento debió cumplir horarios inflexibles, gracias a eso pudo entender de una vez y para siempre todo lo que se gana siendo ordenado y minucioso. Si Gutiérrez fuera un señor feudal, un reloj y una escuadra serían los principales emblemas en su escudo de armas. Pero Gutiérrez no es un señor feudal sino un redactor de libros por encargo, un auténtico artífice de la palabra, capaz de escribir historias de personajes míticos (como ésta de Lilith que ahora lleva en el disquete) o de personajes reales (como las muchas biografías, desde Maquiavelo hasta Mahatma Gandhi, que le han pedido) o novelas del far west, de ciencia-ficción y policiales, novelas de espías, de piratas, eróticas y románticas. No hay género que Gutiérrez no haya transitado. Sos un escriba, le suele decir Requejo las veces que por casualidad se encuentran en la calle, en alguna librería o en una tienda cualquiera. ¿Sabés la importancia que tenían los escribas en la civilización maya?, pregunta Gutiérrez. Requejo dice que no sabe. Eran personajes de alto rango, dice Gutiérrez, en las pinturas y esculturas mayas aparecen con un manojo de plumas y pinceles, listos para escribir. ¿Sabés lo que escribían?, pregunta Gutiérrez. Requejo dice que no sabe. Textos que glorificaban los triunfos del rey, dice Gutiérrez. Eran sus agentes de propaganda, dice Requejo. Eran artistas, dice Gutiérrez. Agentes de propaganda, insiste Requejo. Artistas que se jugaban la vida, dice Gutiérrez. Ningún agente de propaganda se juega la vida por nadie, asegura Requejo. Los escribas mayas sí, dice Gutiérrez. Eran los primeros en ser sacrificados cuando su rey caía en un combate: primero le quebraban los dedos, después le arrancaban las uñas y por último le extraían el corazón. Escribían por encargo, igual que vos, dice Requejo. Gutiérrez sabe que no vale la pena entrar en vanas discusiones con Requejo, por eso deja de hablar de los escribas mayas y de inmediato se pone a hablar de otra cosa. Y ahora se pone a pensar en otra cosa, no hay por qué recordar a Requejo en una mañana como ésta, llena de sol, con vientos moderados que soplan del sudeste, con cinco grados centígrados de temperatura y una sensación térmica de dos grados. Una mañana en la que Gutiérrez se siente pleno, casi podríamos decir: feliz.

Gutiérrez sabe que dentro de un rato se encontrará con Marabini, y está seguro de dos cosas; la primera: que Marabini no dirá una palabra en contra de Lilith; la segunda: que Marabini le encargará una novela policial o una novela del far west. Esto último es lo que más alegra a Gutiérrez: hace tiempo que tiene ganas de volver a escribir una historia de *cowboys*. Entretenido en sus pensamientos, Gutiérrez casi se pasa de parada. Camina a paso rápido hasta la puerta del ómnibus, que por fortuna continúa abierta, y consigue bajar. Gutiérrez se abrocha hasta el último botón del sobretodo (en la calle se notan los dos grados de sensación térmica) y comienza a caminar los cincuenta metros que lo separan de la editorial.

Buen día, señor Gutiérrez, lo saluda el ordenanza. Buen día, Ramón, contesta Gutiérrez. Ramón es el único en toda la editorial que le dice «señor Gutiérrez»; el resto del personal, desde Marabini hasta el último pinche, simplemente le dicen «Gutiérrez». ¿Llegó?, pregunta Gutiérrez. El señor Marabini hace algo más de una hora que llegó, le informa Ramón y de pronto Gutiérrez siente algo que se parece a la culpa pero que realmente es miedo. Se le ocurre que Marabini hace más de una hora que lo está esperando, y apura el paso. El ascensor anda por el segundo subsuelo, pero la flecha indica que viene hacia la planta baja. Esto tranquiliza a Gutiérrez: en pocos segundos se abrirá la puerta. Cuando la puerta se abre, Gutiérrez se topa con un hombre de algo más de sesenta años, de piel color amarillo verdoso, que ocupa el ángulo izquierdo del ascensor. Buenos días, dice Gutiérrez y advierte que es el mismo hombre que encontró en ese mismo ascensor un par de semanas atrás. Gutiérrez piensa que puede ser una buena situación para una novela de espías; o tal vez para una policial. El hombre usa el mismo traje, la misma camisa y la misma corbata que usaba dos semanas antes. Eso Gutiérrez lo recuerda bien: era un traje azul, una camisa celeste y una corbata blanca con rayas rojas. Sin embargo, ahora, pese a que la sensación térmica es de dos grados, el hombre no lleva sobretodo. El hombre responde el saludo de Gutiérrez con una ligera sonrisa y un pequeño movimiento de cabeza. Ahora se produce un hecho extraño. Gutiérrez y el hombre se miran en silencio. La escena se paraliza por un instante. En ese instante a Gutiérrez se le ocurre que el hombre de algo más de sesenta años, de piel color amarillo verdoso, bien podría ser un corrector. Venía del subsuelo, y hay quienes afirman que los correctores operan en los sótanos. Gutiérrez está a punto de preguntarle: «Perdón, ¿usted es un corrector?», pero recuerda que reconocer a un corrector significa quedarse sin trabajo. Gutiérrez no dice una palabra, aunque advierte que el hombre de piel color amarillo verdoso, que ahora se dirige hacia la calle, manifiesta una pequeña renguera. Viene del subsuelo y es rengo, piensa Gutiérrez. Gutiérrez está seguro de que ese hombre de piel color amarillo verdoso y algo más de sesenta años es un corrector.

Gutiérrez se equivoca, porque ese hombre de piel color amarillo verdoso, de más de sesenta años y traje azul, no es un corrector. Pero esto Gutiérrez no lo sabe. Gutiérrez aprieta el botón para subir al quinto piso y a lo largo del viaje piensa que acaba de conocer a un corrector. Tal vez debí seguirlo, piensa Gutiérrez y piensa que pudo haber puesto en práctica la técnica de seguimiento que a menudo utiliza Robert Peterson: confundirse entre la gente, no llamar la atención por ningún concepto, a veces caminar delante del perseguido. Robert Peterson es un agente de la CIA creado por Gutiérrez y protagonista de numerosas novelas del género de espionaje escritas por Gutiérrez. Gutiérrez está seguro de que el hombre de piel color amarillo verdoso, de más de sesenta años y traje azul, se dirige al sitio de los correctores. Bastaba con asumir el papel de Robert Peterson, y seguirlo. Pero en lugar de asumir el papel de Robert Peterson, Gutiérrez se quedó en el papel de Gutiérrez. Ha llegado al quinto piso y se dirige hacia el despacho de Marabini. A lo largo de ese camino nada ni nadie puede quitarle una idea fija que Gutiérrez guarda en su cabeza: Gutiérrez ha visto a un corrector. Esta idea, lógicamente, le produce escalofríos a Gutiérrez.

Ahora Gutiérrez acaba de entrar en el despacho de Marabini. Tiene que dedicar toda su atención a lo que Marabini diga. Lo esperaba más tarde, dice Marabini y agrega que tiene una buena noticia para darle. Tengo una buena noticia para darle, dice. Gutiérrez espera en silencio: no siempre se reciben buenas noticias. Marabini no lo hace esperar. Gustó mucho, dice. La primera parte de su biografía de Judith gustó mucho. Lilith, se atreve a corregirlo Gutiérrez, se llama Lilith. No tiene importancia cómo se llame, lo importante es que gustó mucho. Se da cuenta de que hay que estar encima suyo, Gutiérrez, para que usted haga las cosas como la gente, dice Marabini. Gutiérrez asiente en silencio. No todos los días Marabini elogia con semejante énfasis a su personal.

VII

Gutiérrez camina orgulloso. Marabini lo ha felicitado y Marabini no tiene por costumbre felicitar a nadie. Tal vez felicite a los escritores cuyas fotos, algunas con dedicatorias, otras no, cuelgan de la pared de su despacho. Pero a los escritores que como Gutiérrez escriben a tanto la línea, Marabini jamás los felicita. Sus razones tendrá. Gutiérrez nunca le ha preguntado acerca de esas razones. Sabe que así son las cosas y sabe que hay preguntas que es mejor no hacer.

Marabini ha felicitado a Gutiérrez. Hace años que Gutiérrez trabaja bajo las órdenes de Marabini y hasta hoy a la mañana jamás había recibido un elogio, una alabanza o una palabra de aliento. Sin embargo, esta falta de atención de Marabini nunca le preocupó a Gutiérrez: íntimamente sabía que Marabini alguna vez lo iba a felicitar. Estaba seguro de que lo iba a felicitar antes o después de que la foto de Gutiérrez, con una dedicatoria que podría decir «cordialmente» o «amistosamente», colgara de la pared del despacho de Marabini. También estaba seguro de que a partir de ese momento el trato entre Gutiérrez y Marabini cambiaría.

Marabini felicitó a Gutiérrez, pero de ningún modo el trato fue de igual a igual. A pesar de ello, se puede decir que éste es un buen día para Gutiérrez, o al menos, una buena mañana. Marabini no sólo lo felicitó, también le encargó que escribiera una nueva novela y le pidió (le exigió, deberíamos decir) que la novela, con mucha acción y mucha sangre, tuviera a Kid Warsen como personaje. Kid Warsen es uno de los tantos héroes que inventó Gutiérrez. Un héroe por el que Gutiérrez siente especial simpatía. Para crearlo, se basó en Shane, el solitario, ese *cowboy* que Alan Ladd había interpretado con probada destreza. En su versión original, Kid Warsen igual que Shane andaba solo por el mundo y, como Shane, arrastraba una vieja y secreta culpa. Todo esto lo consignó Gutiérrez en la primera aventura de Kid Warsen, y mejor que no lo hubiera hecho. ¿Se ha vuelto loco, Gutiérrez?, le preguntó aquella vez Marabini mientras agitaba en el aire una hoja de papel. Aunque Marabini es de por sí un hombre de carácter fuerte, Gutiérrez pocas veces lo había visto tan destemplado. Mire, Gutiérrez, dijo aquella vez Marabini, y le dio el papel. Recién en ese instante Gutiérrez descubrió la razón del enojo de Marabini: el papel era un informe de los correctores. Gutiérrez sintió un ligero escalofrío. Léalo, Gutiérrez, exigió Marabini. Gutiérrez lo leyó y las palabras de aquella hoja le quedaron grabadas para siempre. La hoja decía: «Informe de Correctores - Obra: *Tiros en soledad* - Autor: Gutiérrez - Seudónimo: Larry Gibson - Clasificación: Mediocre - Decisión: Rechazada - Motivos de la decisión: Una novela del *far west* con oscuros planteos filosóficos que nada tienen que ver con el tenor del texto requerido». Eso decía la hoja y aquella vez Marabini dijo: ¿Qué me hace, Gutiérrez?, y lo dijo con cierto dolor; al menos Gutiérrez notó cierto dolor en las palabras de Marabini. Es realmente grave que un texto sea rechazado de ese modo, dijo Marabini, es realmente grave que no haya un solo corrector capaz de corregirlo. Un texto incorregible, dijo Marabini, esto casi nunca sucede. Gutiérrez pensó en los escribas mayas y se tocó las uñas. Le dije que no se pusiera metafísico, Gutiérrez, repitió aquella vez Marabini, y Gutiérrez pensó que se quedaría sin trabajo. Pero no hay caso, usted insiste con eso, se lamentó aquella vez Marabini, y Gutiérrez comprendió que no estaba todo perdido. Puedo arreglarlo, déjelo en mis manos, puedo arreglarlo, aseguró Gutiérrez aquella vez. Lo habrá dicho en un tono convincente, porque Marabini dijo que le iba a dar otra oportunidad. Si quiere insistir con ese *cowboy* de cuarta, insista, dijo Marabini, pero me lo hace pura acción: muchos tiros y mucha muerte. Sus personajes no tienen que pensar, Gutiérrez, tienen que actuar, que se le grabe: tienen que actuar. Otro informe como éste y es hombre muerto. Se lo digo en serio, Gutiérrez, no se me haga el poeta. Gutiérrez lo entendió muy bien, y a partir de ese momento Kid Warsen se convirtió en un personaje sin angustias ni culpas secretas, rápido para el Colt y para conquistar a cuanta muchacha se le cruzara por el camino. Los correctores lo aceptaron y las cosas volvieron a su cauce natural. A Gutiérrez, sin embargo, íntimamente le sigue gustando el primer Kid Warsen. Pero bajo ningún concepto se le ocurre volver a él. En definitiva, uno se debe a su público.

Ahora Gutiérrez sube las solapas de su sobretodo. Es un mediodía de sol fuerte, pero la sensación térmica parece no haber ascendido. Kid Warsen cabalga de nuevo, murmura Gutiérrez. Tendrá que pensar una nueva aventura digna de un *cowboy* pura acción y pura sangre. Cuando Gutiérrez llegue a su casa, podrá pensarla a gusto. Como siempre, un buen vaso de leche y la pared medianera serán de enorme ayuda. El resto quedará por cuenta de Gutiérrez. La imaginación de Gutiérrez es inagotable. Pero sólo te sirve para escribir esas porquerías que escribís, le suele decir Requejo cuando por casualidad se encuentran en la calle, en una librería o en una tienda cualquiera. A Gutiérrez las críticas de Requejo le importan poco, y le importan menos en momentos como éste, cuando Gutiérrez está a punto de cumplir con la ceremonia de búsqueda.

Nadie, pero absolutamente nadie, sabe de esta ceremonia. Por lo que ahora, para los ojos del mundo, Gutiérrez es un ciudadano más a punto de dar un paseo. Cualquiera que en este instante viese a Gutiérrez pensaría que está viendo a un individuo friolento (por algo lleva las solapas del sobretodo levantadas) dispuesto a pasear por esta cuadra poco transitada. Si pensara eso se equivocaría. O al menos, se equivocaría en parte. Es cierto, Gutiérrez es un individuo friolento, pero de ninguna manera se dispone a dar un simple paseo. Gutiérrez se dispone a dar una vuelta completa a la manzana. Un rito que, contra viento y marea, Gutiérrez cumple cada quince días. No importa que llueva torrencialmente, haga un frío de morirse o un calor inaguantable, cada quince días Gutiérrez da su obligada vuelta completa a la manzana. ¿Qué intenciones esconde Gutiérrez detrás de este falso paseo? Gutiérrez pretende descubrir el lugar en donde operan los correctores.

Hay quienes aseguran que los correctores operan en un sitio que se encuentra en la misma manzana de la editorial. Ese chisme llegó a oídos de Gutiérrez de boca de un escritor fantasma. Fue durante un cóctel organizado por la editorial. Gutiérrez compartía una mesa con otros tres escritores fantasmas. Charlaban de cosas sin importancia, cuando de pronto y sin que viniera al caso uno de los tres escritores fantasmas habló de los correctores; del sitio donde, dijo, operaban los correctores. Aquella tarde, Gutiérrez estuvo a punto de abandonar la mesa, pero decidió quedarse. Dijo que eso era un mero rumor y que había que tomarlo como se toman los rumores. Hay que tomarlos como las mentiras que son, dijo Gutiérrez aquella tarde. Otro de los escritores fantasmas aseguró que no siempre los rumores son mentiras. Gutiérrez casi indignado preguntó: ¿Qué importancia tiene conocer el sitio donde trabajan los correctores? Por un momento Gutiérrez pensó que con eso daba por terminada la discusión, pero no fue así. Puede ser importante, dijo el escritor fantasma que había traído el chisme. No pasa de ser un chisme, dijo Gutiérrez, dejemos que los correctores trabajen en paz. Los dos escritores fantasmas que habían hablado se quedaron en silencio, sin hacer ningún ademán. El tercero, el que no había dicho una sola palabra, tampoco en ese momento habló, pero con pequeñas inclinaciones de cabeza aprobó lo dicho por Gutiérrez. Gutiérrez miró el reloj, dijo que se le había hecho tarde, se puso de pie, saludó con un gesto y se fue. A partir de aquel día, Gutiérrez evitó encontrarse con esos tres escritores fantasmas. Decisión que no le demandó mayor esfuerzo. Algunas semanas después de aquel cóctel esos tres escritores fantasmas desaparecieron de la editorial. Nunca más se supo de ellos, nadie preguntó por ellos.

Ahora Gutiérrez no piensa en esos tres escritores fantasmas que desaparecieron. Gutiérrez se limita a cumplir con su ceremonia secreta. Para los ojos del mundo (es decir, para los ojos de cualquiera que lo mirara) Gutiérrez está realizando un simple paseo. El verdadero motivo de esta caminata Gutiérrez lo guarda en sus pensamientos. Como bien se sabe, es imposible leer los pensamientos. Pero es posible revelarlos en sueños o durante una feroz borrachera: hay mucha gente que habla cuando duerme y el alcohol suelta la lengua del más callado. Sin embargo, a Gutiérrez eso no le preocupa: jamás duerme acompañado y no sabe lo que es beber una gota de alcohol. Únicamente bebe leche y agua, y ni la leche ni el agua sueltan la lengua de nadie. Por eso Gutiérrez realiza tranquilo su falso paseo. Gutiérrez mira de soslayo las puertas de las casas. Imagina que detrás de alguna de esas puertas se esconde el sitio vedado, el lugar secreto donde operan los correctores. Gutiérrez nunca se preguntó cuál será su actitud si realmente encuentra ese lugar secreto.

Hoy Gutiérrez realiza la ceremonia exactamente igual a como la viene realizando desde que a sus oídos llegó el rumor de que los correctores operan en algún sitio que se encontraría en la manzana de la editorial. Sin embargo, en esta oportunidad habrá un ligero cambio. Gutiérrez acaba de doblar en la primera esquina de su recorrido y de pronto ve algo que realmente lo inquieta. No se trata del sitio secreto en el que operarían los correctores. Gutiérrez acaba de ver a una mujer que camina en la misma dirección que él, pero treinta metros más adelante. Por consiguiente, la mujer no ve a Gutiérrez (lo vería en el supuesto caso de que la mujer se diera vuelta) y Gutiérrez sólo ve a la mujer de espaldas. Pese a que Gutiérrez no ve la cara de esa mujer (la vería en el supuesto caso de que la mujer girara la cabeza), está seguro de quién se trata. Nunca se le había ocurrido que podría encontrar a Ivana en la misma manzana de la editorial. En realidad, a partir del momento en que se negó a contestar los llamados de Ivana, Gutiérrez decidió que nunca más la iba a encontrar, ni en la manzana de la editorial ni en ningún otro sitio. Así es Gutiérrez.

No obstante, habrá que rendirse a las circunstancias. Todo indica que Ivana camina treinta metros adelante. ¿Hacia dónde irá?, se pregunta Gutiérrez y apura el paso. Movido por la ansiedad, no repara en que está cometiendo un grave error. Para los ojos del mundo (es decir, para los ojos de cualquiera que lo mirase) lo de Gutiérrez ha dejado de ser un paseo. Nadie pasea a la velocidad que Gutiérrez desarrolla en estos momentos. Para colmo, también Ivana aumenta su ritmo de marcha, como si hubiera intuido que Gutiérrez pretende alcanzarla. Todo queda en una mera pretensión, porque ahora Ivana entra en una casa que está cerca de la próxima esquina. Gutiérrez, que no ha reducido su ritmo de marcha, llega hasta la puerta de la casa donde entró Ivana. Es un edificio de departamentos, con un solitario hall en el que sólo se ve un enorme espejo que cubre una de las paredes. Después del espejo comienza un largo y estrecho pasillo, tan largo y estrecho que Gutiérrez no logra distinguir el final. Todo esto es lo que alcanza a ver Gutiérrez, pero no ve a Ivana. Pudo haberse perdido por el pasillo, supone Gutiérrez, o entrado en el espejo. Gutiérrez sabe que eso sólo sucede en la mentira de la ficción. Ivana, en cambio, es de verdad, absolutamente cierta. Aunque tampoco en esto se puede creer. Tal vez esa mujer que se perdió por el corredor (es ridículo pensar que se haya metido en el espejo) no tiene nada que ver con Ivana, simplemente es una mujer que así, de espaldas, se parece mucho a Ivana. Miles de veces pasa. Por eso Gutiérrez decide que esa mujer nada tiene que ver con Ivana y vuelve a su propósito inicial: dar una vuelta completa a la manzana, paseando. Para los ojos del mundo (es decir, para los ojos de cualquiera que lo mirara) Gutiérrez es otra vez un hombre que pasea, sin preocupación alguna, durante un mediodía de invierno, con una sensación térmica de dos grados. Así llega Gutiérrez al final del recorrido sin descubrir la menor pista del sitio donde se supone operan los correctores. No le preocupa: eso también parece ser parte del rito. Ahora se dirige a la parada del ómnibus que lo llevará a su casa. Otra ceremonia cumplida, que repetirá dentro de quince días.

VIII

A esta hora viaja poca gente. Una pareja joven, que habla en voz baja, y un hombre solitario, que mira el suelo, son las únicas tres personas que Gutiérrez encuentra en la parada del ómnibus. Gutiérrez se ubica detrás del hombre solitario que mira el suelo. Ni la pareja joven ni el hombre solitario parecen advertir la presencia de Gutiérrez. La pareja joven continúa hablando en tono monocorde y el hombre solitario sigue con la cabeza baja, mirando el suelo. Gutiérrez no pensaba encontrar a nadie en la parada. A la una del mediodía casi no hay gente por la calle. Menos aún hoy, con el frío que hace. Gutiérrez refriega sus manos. Antes el frío era más fuerte, dice el hombre solitario. Lo ha dicho casi en un susurro, y sin levantar la cabeza. Gutiérrez asiente en silencio, pero el hombre solitario que mira el suelo no advierte el gesto. No lo advierte porque tiene la cabeza gacha y porque está de espaldas a Gutiérrez. Tal vez por eso el hombre solitario repite que antes el frío era más fuerte, y agrega: ¿Verdad que antes era más fuerte? Gutiérrez piensa preguntarle antes de cuándo era más fuerte, pero prefiere admitir que sí, que antes era más fuerte; aunque no sepa antes de cuándo. Sí, antes era más fuerte, dice Gutiérrez. El hombre solitario, que sigue con la cabeza gacha, parece admitir la aprobación de Gutiérrez, porque vuelve al silencio; como si nada se hubiera dicho. La pareja joven, por su parte, continúa hablando en tono monocorde. En ese momento llega el ómnibus. La pareja joven, sin dejar de hablar en tono monocorde, camina hacia la puerta del ómnibus. El hombre solitario no se mueve de su sitio. Tampoco ahora levanta la cabeza. Llegó el ómnibus, le avisa Gutiérrez. Ya sé, dice el hombre solitario. ¿No sube?, pregunta Gutiérrez. Espero el otro, dice el hombre solitario y, sin levantar la cabeza, hace un gesto con su mano izquierda. El gesto no admite dudas. El hombre solitario de la cabeza gacha le acaba de indicar a Gutiérrez que puede ir hacia el ómnibus. Gutiérrez sube al ómnibus y piensa en ese hombre solitario que se ha quedado en la parada. En realidad, no piensa en el hombre sino en la enfermedad que tendrá ese hombre. Seguramente, una extraña parálisis que le impide mover el cuello. Pobre hombre, piensa Gutiérrez. En lugar de pensarlo con pena, lo piensa con alegría. Gutiérrez se alegra porque no padece males como los de ese hombre solitario que se ha quedado, con la cabeza gacha, en la parada del ómnibus. También se alegra porque el ómnibus está casi vacío. Gutiérrez elige un asiento individual, junto a una ventanilla. Mira al hombre de la cabeza gacha, que sigue ahí, más solitario que nunca. Pobre hombre, vuelve a pensar Gutiérrez y de golpe descubre que el hombre solitario ya no tiene la cabeza gacha. Gutiérrez no alcanza a ver la cara del hombre solitario, pero ve cómo con paso lento y tranquilo se aleja de la parada. Gutiérrez no entiende nada. Tampoco lo entenderá cuando vuelva a encontrar a ese hombre solitario algunos días después.

El viaje de ida siempre es más corto que el de vuelta. Éste es un enigma que inquieta a Gutiérrez, porque el ómnibus hace exactamente el mismo recorrido: va y vuelve por las mismas calles. Gutiérrez muchas veces pensó en ir desde la editorial hasta su casa y desde su casa hasta la editorial; es decir, pensó cambiar el orden de los viajes para comprobar si de esa manera se repetía el fenómeno: que el viaje de ida fuese el de vuelta y el de vuelta de ida. Pero nunca ha llevado a la práctica esa experiencia, y tal vez jamás lo haga. Se trata de una de las tantas ideas de Gutiérrez que sólo se quedan en ideas. En algún momento también pensó que podría ser un buen tema para una novela de género fantástico. No es el género que Gutiérrez más cultiva, por eso ni siquiera se lo sugirió a Marabini. Sin embargo, lo habló con Requejo. El género fantástico no es para vos, le dijo Requejo. No te veo con el traje de Lovecraft, le dijo. Lovecraft es uno de los pocos escritores del siglo pasado que Requejo respeta. Gutiérrez no suele coincidir con las opiniones de Requejo. Pero en esta oportunidad coincidió. Desde el día que Requejo le dijo que no le calzaba el traje de Lovecraft, Gutiérrez abandonó la idea de esa novela fantástica; aunque no la abandonó del todo. Íntimamente espera que alguna vez se la encargue Marabini, entonces deberá escribirla, no le quedará otro remedio que escribirla; aunque a Requejo no le guste.

La pareja joven, que sigue hablando en tono monocorde, está a punto de bajar del ómnibus. Gutiérrez se pregunta por qué lo habrán tomado, si sólo hicieron un viaje de no más de cinco cuadras. Está visto que la gente joven cada vez camina menos. A la gente joven le resulta más grato navegar por el ciberespacio que andar por estas calles frías y desiertas. Gutiérrez entiende a la juventud. Gutiérrez mismo casi no camina. Se puede decir que sólo hace dieciocho cuadras (nueve de ida y nueve de vuelta) una vez por semana, desde su casa hasta la parada del ómnibus y desde la parada del ómnibus hasta su casa. También habría que sumar las cuatro cuadras que Gutiérrez hace cada quince días alrededor de la manzana de la editorial, en busca del sitio donde operan los correctores, y habría que sumar las otras cuatro que Gutiérrez hace alrededor de la manzana de su casa, cuando sin fecha fija realiza su caminata sanitario-deportiva. El médico le ha ordenado que camine más, pero Gutiérrez ignora esa orden. Desde que Gutiérrez puso fin a su relación con Ivana, también puso fin a los paseos. A Ivana le gustaba pasear y a Gutiérrez no le quedaba otra alternativa que acompañarla. Gutiérrez e Ivana solían caminar cuadras y cuadras, a veces incluso caminaban tomados de la mano. Para cualquiera que los mirara, eran una pareja de esas que ya casi no se ven. Esas parejas que caminan sin sentido, tomadas de la mano. Gutiérrez se lo decía a Ivana. No tiene sentido caminar así, le decía. Ivana repetía que hay que saber encontrarle el sentido a las cosas. Pero por más esfuerzo que hiciera, Gutiérrez no encontraba justificaciones para esos paseos. Ver la belleza oculta de las cosas, decía Ivana. Qué belleza puede haber en estas calles, se quejaba Gutiérrez, y alguna razón tenía. Entonces, como ahora, la ciudad no invitaba a caminar.

¿Por qué Gutiérrez piensa en Ivana precisamente en este momento? Porque hace menos de una hora creyó verla. Tal vez aquella mujer que caminaba treinta metros delante de Gutiérrez no era Ivana sino alguien que se le parecía mucho. Fuera o no fuera Ivana, resultó suficiente para que Gutiérrez regresara a un pasado al que no tenía ganas de volver. Cómo son las cosas de la mente, piensa Gutiérrez y otra vez mira la calle. Pero esta calle por la que ahora transita el ómnibus, no la calle por la que solía caminar con Ivana. No hay caso, no se la puede sacar de la cabeza. Cómo son las cosas de la mente, vuelve a pensar Gutiérrez y cierra los ojos. Cuando los abre descubre que se ha quedado solo en el ómnibus. Mira sus manos, las ve pálidas y frías; aunque la temperatura no se ve, se siente. Tenés manos frías, solía repetirle Ivana. Entonces Gutiérrez le hablaba de la sangre, de un problema en la circulación de la sangre. Y no hablaba en vano: Gutiérrez lo había explicado en uno de los libros científicos que había escrito. *Síntomas y soluciones*, se llamaba el libro y dos de sus capítulos (el cuarto y el quinto, o el quinto y el sexto, ahora no recuerda) estaban dedicados a la circulación sanguínea. Gutiérrez comprende que el método de cerrar los ojos no sirve para quitarse a Ivana de la cabeza. Mira otra vez por la ventanilla y descubre que tendrá que bajar en la próxima parada. Esto lo tranquiliza.

Ahora Gutiérrez camina hacia su casa. Ha decidido que se pondrá a trabajar de inmediato con Kid Warsen. Debe imaginar una nueva aventura para su legendario héroe. Piensa que las nueve cuadras que lo separan desde la parada del ómnibus hasta su casa pueden ser de enorme utilidad. Gutiérrez supone que Kid Warsen podrá desterrar definitivamente a Ivana. Pero una cosa es lo que Gutiérrez suponga y otra muy distinta lo que de verdad suceda. Antes de que Gutiérrez llegue a la esquina de la primera cuadra, Ivana (o mejor: la imagen de una mujer parecida a Ivana caminando treinta metros delante de Gutiérrez) desplaza por completo a Kid Warsen. Este descontrol indigna a Gutiérrez. Sin embargo, Ivana sigue ahí. Estoy seguro de que no era Ivana, piensa Gutiérrez. Aunque ahora poco importa que fuera o no Ivana la mujer que hace una hora caminaba treinta metros delante de Gutiérrez. La verdadera Ivana, la que alguna vez fue novia de Gutiérrez, se ha metido definitivamente en su cabeza, y lo acompañará a lo largo de las ocho cuadras que faltan para llegar a su casa. Serán ocho cuadras de recuerdos desprolijos (como por otra parte suelen ser los recuerdos), pantallazos sin sentido, cosas que mejor olvidar y que, sin embargo, no se olvidan. Extraños mecanismos de la mente, piensa Gutiérrez mientras abre la puerta del departamento.

Todo está en su sitio, pulcro y ordenado. Gutiérrez va hasta la cocina, se sirve un buen vaso de leche, vuelve al living y se sienta frente a la computadora. Junto a la computadora está el teléfono. El teléfono tiene un contestador automático. Después de ensayar diferentes saludos de bienvenida, Gutiérrez optó por uno muy discreto. «Éste es el teléfono de Gutiérrez. Por favor, deje mensaje», se puede oír en un tono de voz leve y seco; un tono difícil de explicar: hay que oírlo. Gutiérrez grabó y desgrabó una y otra vez el saludo de bien-

venida hasta conseguir este tono difícil de explicar. Fue un esfuerzo vano, porque si exceptuamos la llamada que hizo Ivana
intentando saber por qué Gutiérrez no quería verla, dos lla-
madas comerciales y una llamada equivocada, nadie más lo ha
llamado. A pesar de eso, Gutiérrez controla a diario su contestador.

Gutiérrez enciende la computadora. Todo está dispuesto
para que comience a escribir una nueva aventura de Kid
Warsen; sin embargo, en lugar de accionar su programa de
escritura, Gutiérrez abre el último cajón del escritorio. No el
del escritorio virtual del sistema, sino el suyo propio: el viejo escritorio de madera. En el fondo de ese cajón real, Gutiérrez busca algo con muchísima cautela. Ahora Gutiérrez
tiene en sus manos un CD-Rom que carece de portada. Ori-
ginalmente, tenía una portada que en grandes letras rojas
anunciaba *The woman from 42nd St.*, y mostraba la foto de
una mujer semidesnuda, de cuerpo exuberante y gesto libidinoso. A Gutiérrez le pareció poco adecuado conservar una
portada de esas características y la destruyó el mismo día
que compró el CD-Rom, hace algunos años de esto.

The woman from 42nd St. es un audaz programa inte-
ractivo, un juego para adultos, que consiste en conquistar a
Margaret, la señora de gesto libidinoso de la tapa. En cuanto
el CD-Rom se pone en marcha, sobre la pantalla del monitor
aparece la imagen de Margaret. Margaret está en la esquina
de la calle 42, junto a un poste callejero. «N.E. 42nd St.»,
anuncia el poste callejero. Si usted quiere entrar en contacto
con Margaret deberá responder una de las tres preguntas que
de inmediato se presentan en pantalla. Las preguntas pueden
ser: 1) «¿Margaret lo está esperando a usted?», 2) «¿Está esperando a su amante?», 3) «¿No está esperando a nadie?» Si
usted elige la respuesta adecuada comienza de verdad el juego. Entonces podrá subir al siguiente peldaño: Margaret lo
invitará a su casa, que queda a pocos metros de la esquina
donde la había encontrado. La nueva escena es en el living de

la casa de Margaret. Margaret le ofrecerá una copa de champagne. Usted deberá responder una de las tres nuevas preguntas que de inmediato se presentarán en pantalla. Las preguntas pueden ser: 1) «¿Acepta la copa que Margaret le ofrece?», 2) «¿Dice que prefiere beber después?», 3) «¿Confiesa que no bebe alcohol?» Si usted acierta con la respuesta subirá otro peldaño. En este caso, la escena es algo más íntima, con tres nuevas preguntas y una sola respuesta adecuada. Así, entre preguntas y respuestas y de escalón en escalón, usted llegará al instante decisivo: quitarle a Margaret cada una de las prendas que viste. Primero, el pulóver; luego, la blusa; más tarde, la pollera y, por último, el corpiño, el portaligas, las medias y la bombacha. Dicho en este orden parece fácil, pero no siempre es en este orden. Precisamente, el orden cambia de juego en juego, las variantes son casi infinitas; las preguntas, también. Ante cada prenda tres nuevas preguntas se presentan de inmediato en la pantalla, y, como siempre, sólo hay una respuesta correcta. Si usted acierta todas las respuestas, Margaret, con gestos felinos, lo invitará a su cama virtual. No es nada sencillo llegar a esa cama. El menor error, una sola respuesta incorrecta, y se vuelve al principio: Margaret de nuevo vestida, de pie junto a un poste callejero que anuncia «N.E. 42nd St.». Cada vez que sucede lo peor quedan dos posibilidades: empezar de nuevo o salir del juego y dejar la conquista para otro día. El triunfo se logra con habilidad, paciencia y (aunque parezca un contrasentido) muchísima sangre fría. Es un certamen difícil, pero Gutiérrez lo ha jugado tantas, pero tantas veces, que ya prácticamente lo sabe de memoria: conoce hasta la última artimaña del programa. Para Gutiérrez acostarse con Margaret es casi un juego de niños.

Ahora Gutiérrez coloca el CD-Rom en la disquetera de la computadora. Margaret aparece en pantalla y Gutiérrez contesta de inmediato cada una de las preguntas. Sube sin dificultad peldaño a peldaño. No hay una sola sorpresa.

Margaret no tiene secretos para Gutiérrez. Es como si Margaret y Gutiérrez llevaran más de treinta años de casados. Sin embargo, hoy hubo un ligera diferencia. Durante los tres minutos que estuvo en la cama virtual con Margaret, Gutiérrez sólo pensó en Ivana. Pensó que Margaret era Ivana. Pasa en las mejores familias, se dijo Gutiérrez más tarde, en su cama real.

IX

Gutiérrez despierta distinto después de una noche de amor.
Trabaja con mejor ánimo, ve todo con mayor claridad y más
lucidez. Gutiérrez nunca se ha preguntado por qué le pasa
esto después de una noche de amor. Tampoco hay que estar
preguntándose por todas y cada una de las cosas que nos pasan, suele decir Gutiérrez. En cierta oportunidad, Gutiérrez
se lo dijo a Ivana. Le dijo que no había por qué estar preguntándose por todas y cada una de las cosas que nos pasan.
Ivana aquella vez le dijo que ella sí se preguntaba por el qué
y por el cómo. Todo indicaba que se iba a iniciar una discusión. Sin embargo, no discutieron. Era una noche calu-
rosa, que no invitaba a discutir. Gutiérrez e Ivana estaban
desnudos, tirados en la cama, con la vista puesta en el techo.
Aunque no es lícito escribir «estaban desnudos». Sólo a Ivana se la veía desnuda. Gutiérrez se había cubierto con la sá-
bana. A Gutiérrez no le gusta exhibirse.
 Porque no le gusta exhibirse, Gutiérrez prefiere que sus
relaciones sean por medio de Internet, o a través del CD-
Rom. En esos sitios no es necesario mostrarse. Cuando Gutiérrez pone en funcionamiento *The woman from 42nd
St.*, de inmediato *ve* el cuerpo de Margaret; en cambio, Margaret no *ve* el cuerpo de Gutiérrez, *jamás* lo verá. Algo parecido sucede cuando Gutiérrez chatea por Internet. Algo pa-

recido, pero no igual. Por medio del CD-Rom es posible ver uno de los dos cuerpos. En *The woman from 42nd St.* Gutiérrez *ve* el cuerpo de Margaret; en cambio, por Internet, Gutiérrez nunca *ve* el cuerpo de Paloma, ni *ve* el cuerpo de Dolores. Paloma y Dolores tampoco *ven* el cuerpo de Gutiérrez. Habrá que tener en cuenta, sin embargo, que en el caso específico de Internet los cuerpos de Gutiérrez, de Paloma y de Dolores no se *ven* por pura elección. Gutiérrez, Paloma y Dolores han elegido no *mostrarse.* En el caso específico de Internet es muy sencillo poner fin a tantas reservas: basta con enviar una foto por el ciberespacio. Paloma le puede mandar una foto a Gutiérrez, asegurándole que esa mujer de ojos claros y sonrisa amplia es Paloma. Por su parte, Dolores le puede mandar una foto a Gutiérrez, asegurándole que esa mujer de cabellos negros y gesto pícaro es Dolores. ¿Pero quién le garantiza a Gutiérrez que realmente la mujer de la sonrisa es Paloma y la mujer del gesto pícaro es Dolores? Paloma bien pudo haber enviado la foto de una amiga o cualquier foto que haya levantado de cualquier sitio de Internet. Algo parecido pudo haber hecho Dolores; a las mujeres les encanta mentir.

El cuerpo de Margaret, en cambio, es pura verdad. Margaret no tiene por qué fingir, se muestra tal cual es. En *The woman from 42nd St.* Gutiérrez no necesita exhibirse. Esto le permite abordar a Margaret sin preocuparse por cómo está vestido, si está o no afeitado, si sus zapatos tienen o no tienen brillo. Con el tema del baño no hay conflictos. Gutiérrez se baña diariamente, más allá de que vaya a chatear por Internet o que vaya a colocar el CD-Rom para hacer el amor con Margaret.

Gutiérrez ha escrito diversos libros acerca del amor y de sus consecuencias. Es autor de algunos volúmenes científicos referidos a las enfermedades venéreas y al sida. Hablar de volúmenes quizá lleve al equívoco. Volumen inevitablemente se vincula a voluminoso, y los libros científicos que escribe Gutiérrez nunca exceden las ochenta y cuatro carillas de texto, de treinta líneas por carilla; vale decir, noventa y cinco mil caracteres con espacios. Estas medidas dan como resultado un ejemplar de bolsillo de ciento veintitrés páginas. No se puede decir que los libros científicos que escribe Gutiérrez sean abultados. La medida (ochenta y cuatro carillas de texto, de treinta líneas por carilla, o, si se prefiere, noventa y cinco mil caracteres con espacios) se la ordenó Marabini cuando le encargó a Gutiérrez la redacción del primer libro científico. Gutiérrez siempre ha respetado esa medida, sabe de otros escritores fantasmas que pretendieron hacerse los rebeldes, no respetaron esas medidas y de un día para otro se quedaron en la calle. No respetar esas medidas es casi tan temerario como cuestionar la menor corrección que hagan los correctores.

Gutiérrez no sólo se ha referido al amor y a sus consecuencias en los numerosos volúmenes científicos que ha escrito, también abordó el tema en manuales de autoayuda (son casi de la misma medida que los volúmenes científicos), en breviarios que explican de qué modo redactar una carta romántica, y en libros de aforismos. Los breviarios acerca de cómo redactar una carta romántica y los libros de aforismos tienen menos páginas que los volúmenes científicos y los manuales de autoayuda. Gutiérrez ha tratado al amor desde diferentes ángulos. Dicho así podría pensarse que Gutiérrez es un experto en la materia, un entendido en esas cosas. Quien piense eso se equivoca. Gutiérrez, más allá de lo que escribe por encargo, no tiene una idea clara acerca del amor. Detalle que no le preocupa más de la cuenta.

Sin embargo, después de una noche de pasión Gutiérrez se levanta más creativo. Éste es uno de esos momentos. Gutiérrez acaba de comer un par de galletitas sin sal y de beber su vaso de leche matutino y ya se ha ubicado frente a la pantalla de la computadora. Gutiérrez está dispuesto a emprender su labor cotidiana. Todo indica que iniciará una nueva aventura de Kid Warsen, tal como Marabini le encargara. Nada de eso. Gutiérrez se dispone a escribir, pero no la novela que Marabini le encargara. Esta mañana, después de una noche de amor, Gutiérrez se apresta a continuar con su novela secreta.

Ni una sola persona sabe de la existencia de esa novela secreta. Cuando Gutiérrez se encuentra con Requejo, por la calle, en alguna librería o en una tienda cualquiera, suele hablarle de la novela auténtica que piensa escribir, pero nunca, bajo ningún concepto, Gutiérrez le ha dicho a Requejo una sola palabra acerca de la novela secreta. ¿Quién le ha encargado esta novela? Nadie. Es una suerte de juego privado de Gutiérrez. Intrigado por el impenetrable mundo de los correctores, Gutiérrez decidió que ese mundo y esos personajes podrían ser el germen de una novela. Y así, en una extraña actitud desafiante, Gutiérrez decidió escribir una historia que tuviera a los correctores como protagonistas.

Hablar de una actitud desafiante es darle categoría casi de héroe a Gutiérrez. Tal vez sea una definición algo desmedida. Héroe, según se sabe, es quien ha nacido de la unión de un dios o una diosa y un mortal; un semidiós, en una palabra. Hércules o Aquiles, podrían ser dos buenos ejemplos. También se considera héroe a aquella persona que ha realizado una hazaña admirable, una hazaña para la que necesariamente se requiere extremado valor. Ulises o el Cid podrían ser dos buenos ejemplos. Nada se sabe de los padres de Gutiérrez. Pese a esta ignorancia, con absoluta certeza puede sostenerse que los padres de Gutiérrez son, o fueron, dos simples seres humanos; como cualquiera de nosotros. Tampoco hay noticia de que Gutiérrez haya realizado o vaya a realizar alguna hazaña deslumbrante, una de esas hazañas para las cuales se requiere extremado valor. La pregunta es inevitable: ¿Esta actitud de escribir una novela secreta le otorga categoría de héroe a Gutiérrez?

No es una pregunta de fácil respuesta. Con su metro setenta y cinco de estatura y sus casi ochenta kilos de peso, con su inexpresiva boca, de labios finos, y sus anteojos de aumento, de vidrios gruesos, no se puede decir que Gutiérrez tenga aspecto de héroe. Gutiérrez tal vez logra legítimo aspecto de héroe cuando viste el traje de Conan El Magnífico y se larga a chatear por Internet. Claro que en esas ocasiones Gutiérrez deja de ser Gutiérrez para ser Conan. Un típico conflicto de identidades, tan común en la literatura.

Héroe o no, nadie le encargó la novela secreta a Gutiérrez, y nadie se la publicará. A pesar de estos percances, hace algún tiempo (no es posible precisar la fecha exacta) que Gutiérrez está escribiendo ese hermético texto al que ha decidido darle el nombre de «novela secreta». Hasta hoy lleva redactadas una considerable cantidad de carillas, o de caracteres; como se prefiera.

¿Qué es lo que cuenta Gutiérrez en esta novela? Es imposible saberlo. Entre otras cosas, porque es imposible acceder a ella. Todos los textos que Gutiérrez compone están guardados en el disco rígido de su computadora, en el interior de la carpeta «Faenas». La carpeta «Faenas» a su vez se divide en tantas subcarpetas como géneros Gutiérrez aborda: «Policial», «Far West», «Romántica», «Espionaje», «Ciencias», «Autoayuda», etc. Sin embargo, la novela secreta que Gutiérrez escribe desde hace algún tiempo (no es posible precisar la fecha exacta) no descansa en ninguna de esas subcarpetas. Bajo un nombre formado por cuatro letras, la novela secreta está mezclada en la carpeta que contiene los archivos del programa Norton Antivirus. Gutiérrez parece desoír la lógica de *La carta robada*: ha disimulado su novela secreta entre los archivos del programa destinado a eliminar los virus que pudieran dañar el sistema. Para llegar a esa novela, Gutiérrez se ve en la necesidad de ejecutar una serie de pasos. Los hace con la destreza de un caminante veterano: deshecha senderos falsos y supera laberintos, hasta llegar a la carpeta de las cuatro letras. Ha pasado la primera etapa, pero apenas está en el umbral. Ahora debe abrir la puerta. Para abrirla necesariamente hay que conocer la contraseña. La novela secreta está guardada en un archivo protegido. No bien alguien intenta abrir ese archivo, aparece en pantalla un cartel pidiendo la contraseña. Sólo Gutiérrez conoce esa contraseña (que modifica cada quince días), por lo que únicamente Gutiérrez puede abrir su novela secreta.

Ahora la novela secreta aparece en pantalla. Gutiérrez la lee sin apuro, como si todo el tiempo del mundo estuviera de su parte. Gutiérrez corrige el texto una y otra vez, quita y pone palabras con la paciencia de un artesano, elige los adjetivos que más le gustan, evita repeticiones y disonancias. No hay forma de explicar cuánto goza Gutiérrez en este momento. Gutiérrez sabe que ni una sola de las letras que ahora compone será modificada por las manos anónimas de los correctores, manos capaces de hacer lo que se les antoje con las palabras de los otros. Gutiérrez recorre sin descanso el teclado de la computadora. Por el frenesí con que ejecuta esa acción, por la manera en que acaricia cada tecla, Gutiérrez se parece a un concertista de piano interpretando la *Polonesa n° 3, Opus 40,1*, también llamada *Militar*, de Chopin. Mucha energía derrochada en una novela que jamás publicará. Cosas de Gutiérrez.

X

Gutiérrez suele mirar fotos. Tiene varios álbumes, celosamente guardados. Más que guardados, convendría decir *escondidos*. Están en un sitio de la casa al que no se llega fácilmente. Gutiérrez pretende que nadie, absolutamente nadie, vea las fotos que desde hace tanto tiempo almacena en esos álbumes. Dicho así podría pensarse que se trata de fotos pornográficas, o con imágenes dignas de censura. Nada de eso. En todos los casos, las fotos muestran a personas decentemente vestidas. En algunas fotos a esas personas se las ve de pie; en otras, caminando; en otras, sentadas. Pero ya sea de pie, caminando o sentadas, en ninguna de esas personas se advierte un gesto procaz. No hay nada de qué avergonzarse en las fotos que Gutiérrez guarda celosamente en un sitio escondido de su casa. ¿Por qué tanto secreto, entonces? Habría que preguntárselo a Gutiérrez.

Las fotos son en su gran mayoría (por no decir casi todas) en blanco y negro. No son así por una mera razón estética, sino por una simple razón cronológica: se trata de fotos tomadas a comienzos del siglo XX; cuando, como todo el mundo sabe, aún no se habían ensayado las fotos a color. Las pocas fotos a color que Gutiérrez guarda en sus álbumes no se pueden considerar, a decir verdad, fotos a color, sino simplemente fotos coloreadas. Una técnica artesanal que requería de infinita paciencia por parte de quien la llevaba a cabo y que no arrojaba resultados acordes con el tiempo que había demandado. A esas fotos Gutiérrez casi no les presta atención; tal vez porque las supone poco auténticas.

Gutiérrez no tiene ni un día ni una hora determinada para sentarse a mirar las fotos. Prefiere que todo quede en manos del azar. Puede transcurrir más de un mes sin que mire una sola foto y puede, también sin razón aparente, mirar tres o cuatro fotos durante un mismo día; en tres o cuatro momentos distintos de ese mismo día. No debe sorprender, entonces, que en mitad de la redacción de uno de sus libros, Gutiérrez ejecute el comando «Archivo» de la computadora, guarde lo que ha escrito en el disco rígido y luego, con pasos cautelosos, se dirija hacia el sitio secreto donde guarda las fotos. No va por ninguna foto en especial. Simplemente, opta por el álbum que le venga a mano. Gutiérrez deja que su mano se dirija con absoluta libertad hacia cualquiera de los álbumes. Todos están encuadernados en color azul y no tienen una sola palabra escrita sobre sus lomos; es decir, no hay modo de identificarlos. La mano de Gutiérrez elige a su antojo. Gutiérrez acepta lo que su mano ha elegido y abre el álbum en la página que se le ocurre; a Gutiérrez o a su mano. Esta actitud, entre rebelde y azarosa, complace a Gutiérrez. Recién entonces mira la foto que le ha tocado en suerte, avanza o retrocede unas páginas, mira o no otras fotos; después cierra el álbum, regresa a la computadora, recupera el texto y sigue escribiendo.

¿Qué fotos mira Gutiérrez? Las hay de todo tipo. Gutiérrez se alegra cuando le toca una titulada: «Clase de señoritas, Academia Nacional de las Artes». Sin esfuerzo se advierte que es una foto de estudio. Muestra a siete alumnas que le dan la espalda a la cámara y que, aparentemente, sólo parecen preocupadas por el dibujo que están realizando sobre una hoja de papel blanco. Un profesor, calvo y de cuerpo menudo, vigila la tarea de las señoritas. El profesor también le da la espalda a la cámara. La foto carece de fecha, pero por la ropa que usan, tanto las señoritas como el profesor, tiene que haber sido tomada durante una tarde de invierno, a comienzos del siglo XX.

A Gutiérrez también le interesan otras fotos de algunos años más tarde. Por ejemplo, la de la fachada de *Casa Tow*, en la esquina de Florida y Cangallo, o la de la fachada de la tienda *A la Ciudad de México*, en la esquina de Florida y Sarmiento. Las dos datan de 1930, pero fueron tomadas en diferentes estaciones del año. La de *Casa Tow*, en invierno. La de la tienda *A la Ciudad de México*, en verano. En la de *Casa Tow* se advierte que es invierno por los transeúntes que participan en la foto: las mujeres llevan tapados de piel o de lana; los hombres, sobretodos. No se ve a un solo niño ni a una sola niña; sin duda, a esa hora estaban en el colegio. En la foto de la tienda *A la Ciudad de México* se advierte que es verano por la misma causa que en la de *Casa Tow* se advierte que es invierno: por los transeúntes que participan en la foto. Abundan los trajes blancos, tanto en los hombres como en las mujeres, y se distinguen algunos niños y algunas niñas, no hay duda que gozando de sus vacaciones.

Hay una foto que por diversas razones cautiva a Gutiérrez. Fue tomada en 1914 y se llama «Vehículos de reparto de *Gath & Chaves*». Por su concepción panorámica podría catalogarse como una foto de estos días. En un enorme descampado se ven triciclos de reparto, con su correspondiente conductor de gorra y uniforme junto a cada triciclo. Los triciclos están en primera línea; en la segunda línea se distinguen otros vehículos de mayor envergadura: tres filas de carros arrastrados por caballos e, incluso, algunos camiones a nafta. Los triciclos que están en primera fila son veintidós; los carros suman cuarenta y seis, y los camiones, siete. Gutiérrez contó los triciclos, los carros y los camiones. Aquella vez se preguntó cuál sería el caudal de ventas de las tiendas *Gath & Chaves* para poseer semejante tropa de reparto. Gutiérrez se lo vuelve a preguntar cada vez que se encuentra con esta foto.

Pero la foto que Gutiérrez mira con mayor interés (esto de ningún modo significa que sea su preferida, o alguna de sus preferidas) es la llamada «Tomando el té en la terraza de *Gath & Chaves*». Gutiérrez ha visto esa foto infinidad de veces, podríamos afirmar que la conoce de memoria. Sin embargo, siempre que se encuentra con ella, se queda largo tiempo contemplándola. Si bien *Gath & Chaves* es el motivo de la foto, en esta toma no están los trabajadores de esas grandes tiendas, de pie y en pose junto a sus elementos de trabajo. El fotógrafo prefirió retratar a algunos clientes de esas grandes tiendas, en la terraza de esas grandes tiendas, en el momento justo de tomar el té. Gutiérrez mira la foto con legítimo asombro, como si nunca antes la hubiera visto. Primero pasea su vista por la mesa que comparte un matrimonio y su pequeña hija; de allí se dirige a la mesa que ocupan tres mujeres (dos de ellas de espaldas a la cámara) y de inmediato se encamina a la mesa de un hombre solitario, que tal vez espera a una mujer. Luego los ojos de Gutiérrez se dirigen hacia cuatro hombres que están de pie, de espaldas a la cámara y apoyados en la barandilla de la terraza; los cuatro contemplan el paisaje urbano. De esos cuatro hombres que contemplan el paisaje urbano, Gutiérrez pasa a otro hombre que displicentemente apoya su cuerpo contra la barandilla de la terraza. Está solo, igual que el hombre de la mesa. Usa traje y sombrero, como los otros hombres que se ven en la foto. Pero a diferencia de los otros hombres que se ven en la foto, este hombre no parece interesado por el paisaje urbano; tampoco parece esperar a nadie. Tiene la mano izquierda en el bolsillo del pantalón, el brazo derecho sobre la barandilla de la terraza, y, casi con descaro, mira a la cámara. Desde la primera vez que vio esta foto, Gutiérrez comprendió que ese hombre era el único que de verdad estaba en pose y era, además, el único que sabía que en ese instante estaban fotografiándolo. Sin embargo, no es por ese hombre, por el descaro de ese hombre, que Gutiérrez se interesa tanto por esta foto. Lo que realmente le importan son las dos cúpulas. La cúpula de la Municipalidad y la del diario *La Prensa* que se recortan sobre el fondo de la foto.

¿Por qué le interesan las dos cúpulas? Porque es lo único que aún perdura de casi todas las fotos que Gutiérrez guarda escondidas en un lugar secreto de su casa. No existen más ni la terraza ni las mesas de la terraza de *Gath & Chaves*, no existen más los que estaban tomando el té junto a las mesas de la terraza ni los que estaban contemplando el paisaje urbano ni el hombre de gesto insolente, apoyado en la barandilla. Sucede lo mismo tanto con los repartidores de *Gath & Chaves*, como con las señoritas que estudiaban en la Academia Nacional de las Artes. No existen más ni los hombres ni las mujeres que caminaban por la calle Florida, ni el profesor que les enseñaba a las señoritas. Tal vez aún viva alguno de los niños o de las niñas que se veían en la foto del verano; en el mejor de los casos, ese niño ahora será un anciano de casi noventa años. Gutiérrez suele preguntarse qué se habrá hecho de los protagonistas de todas estas fotos. ¿Qué habrá sucedido con esa gente que caminaba por Florida y tomaba el té en la terraza de *Gath & Chaves*? ¿Habrá quedado alguna huella de esa gente o sólo quedó la foto que Gutiérrez conserva con tanto celo en el interior de un álbum oculto en un sitio secreto de la casa? Gutiérrez no tiene respuestas para tantas preguntas. Por eso ni siquiera las formula, únicamente las piensa, y sólo las piensa cuando mira las fotos. Gutiérrez confía que con el tiempo ni siquiera pensará las preguntas. Gutiérrez seguirá mirando las fotos, por supuesto, pero dejará de hacerse esas preguntas tontas, que ni siquiera tienen respuesta.

Las fotos que guarda Gutiérrez no son, salta a la vista, fotos familiares. Gutiérrez prefiere no hablar de su familia. Como oportunamente se dijo, no se sabe con certeza si Gutiérrez es hijo único o si, por el contrario, es un eslabón más en una cadena de hermanos y de hermanas. Tampoco se sabe si Gutiérrez cuenta con primos y primas, tíos y tías, y el resto de parientes que le dan vida, razón de ser, a una familia. La familia de Gutiérrez, si es que tiene o alguna vez tuvo una familia, no está en las fotos que Gutiérrez celosamente atesora en un sitio secreto de la casa. Gutiérrez tampoco guarda fotos de amigos, de antiguas novias o de presuntas amantes. Esto es comprensible, ya que no se puede decir que Gutiérrez tenga amigos, antiguas novias o presuntas amantes.

Pero como toda regla tiene su excepción, hay una foto que rompe con la regla de Gutiérrez. Es una foto en la que se ve a Ivana riendo. «Ivana riendo», la tituló Gutiérrez y la guardó en un álbum. Por supuesto, no recuerda en cuál. ¿Por qué se encuentra esa única foto de Ivana en uno de los álbumes? Todo se debe a cierta noticia que leyó Gutiérrez una noche que navegaba por la Red. Gutiérrez leyó que unos científicos de la Universidad de California habían descubierto que el sentido del humor y la capacidad de reír se localizaba en una pequeña región, de apenas dos centímetros cuadrados, en la circunvolución izquierda frontal superior del cerebro. Aquella noche, Gutiérrez también supo que desde el punto de vista muscular, sonreír implica menor esfuerzo que fruncir el ceño. Para sonreír, supo, se ponen en movimiento diecisiete músculos; mientras que para fruncir el ceño es necesario accionar cuarenta y tres. Por esos extraños caprichos de la mente, aquella noche Gutiérrez recordó la foto de Ivana riendo (que aún no se llamaba «Ivana riendo»). Sabía que la había guardado en alguno de los cajones del escritorio, y la buscó sin descanso. Gracias a lo que había leído en la Red, aquella noche Gutiérrez comprendió que en el momento mismo que sacaban esa foto, Ivana ponía en acción diecisiete músculos de su cara. A Gutiérrez le emocionó comprobar que Ivana había realizado semejante esfuerzo sólo para reírse por algo que habría dicho Gutiérrez. Gutiérrez no recuerda ni el día ni el lugar ni el preciso instante en que Ivana movía los diecisiete músculos de su cara. Pero guardó la foto en el álbum, como testimonio de ese momento.

Las otras fotos también son de testimonio. Pero si exceptuamos la de Ivana, todas testimonian un tiempo que no pertenece a Gutiérrez. Son fotos tomadas antes de que Gutiérrez naciera. Cuando sacaron esas fotos, Gutiérrez no existía. Tal vez ni siquiera había sido pensado por quienes después iban a ser sus padres. Hasta podría afirmarse que quienes después iban a ser sus padres en la época de esas fotos aún no se conocían. Por supuesto, esta afirmación no pasa de ser una mera conjetura. Surge de cotejar los años en que fueron tomadas esas fotos y la edad que, se supone, tendrían en esos años los futuros padres de Gutiérrez. Para confirmarlo, habría que preguntárselo a Gutiérrez. Pero como Gutiérrez jamás habla de sus padres, habrá que conformarse con esta mera conjetura. Tampoco hay que preocuparse demasiado: más allá de haberle dado el ser (que no es poca cosa), los padres de Gutiérrez no parecen haber tenido mayor incidencia en la vida de su hijo. No se ven reflejados en ninguno de los muchos libros escritos por Gutiérrez. Podría argumentarse que ésos son libros redactados por encargo, que algo muy distinto sucederá con la novela auténtica que Gutiérrez se propone escribir. Incluso los padres de Gutiérrez podrían tener alguna participación en la novela secreta que Gutiérrez está escribiendo.

Esto también es una mera conjetura, ya que Gutiérrez no ha dado la menor información acerca de esa novela secreta. Gutiérrez tampoco es muy explícito con respecto a la novela auténtica que piensa escribir. Por lo que resulta imposible afirmar si los padres de Gutiérrez aparecerán alguna vez como personajes o quedarán condenados a continuar siendo seres anónimos, igual que las criaturas de las muchas fotos que Gutiérrez guarda en un sitio secreto de su casa. Fotos que los correctores jamás podrán corregir. Esto tranquiliza a Gutiérrez.

XI

Gutiérrez duda entre Margaret y Dolores. Gutiérrez hace años que disfruta con Margaret. Sin embargo, a Gutiérrez el arrebato no le nubla la razón: desde el primer día que desvistió a Margaret, desde la primera vez que disfrutó con Margaret, Gutiérrez supo que Margaret era un nombre falso. Un nombre inventado por los fabricantes del producto. En más de una ocasión, Gutiérrez se ha preguntado cuál será el verdadero nombre de Margaret. Pese a ello, nunca la llamó de otro modo, jamás le inventó otro nombre. Gutiérrez prefiere seguir utilizando el elegido por los fabricantes del CDRom. Desde la primera vez que cargó *The woman from* 42nd *St* en su computadora, Gutiérrez aceptó que esa mujer de la calle 42° se llamaba Margaret. Así lo decía el manual de instrucciones, y Gutiérrez no es amigo de transgredir las normas establecidas. Gutiérrez goza con Margaret como si realmente Margaret se llamara Margaret.

La relación con Dolores también está cimentada sobre la mentira. Para navegar por Internet, Gutiérrez usa el traje de Conan. Dolores chatea con Conan el Bárbaro, Conan el Magnífico, Conan el Conquistador. Dolores no tiene la menor idea de quién es Gutiérrez. Es común que para chatear se utilicen nombres falsos. Seguramente, Dolores no es el verdadero nombre de Dolores. ¿Qué es lo verdadero en medio de tantas mentiras? Ésta es una pregunta que inquieta a Gutiérrez. Tal vez lo único verdadero sea Conan. ¿Pero cuál Conan? ¿El escrito por Robert E. Howard, el dibujado en el comic o el que aparece en la película? Conan suele preguntarse cuál es el Conan que elige Dolores. Conan, por el contrario, no tuvo conflictos con Dolores. Desde el primer día que la encontró en Internet, decidió que Dolores iba a ser idéntica a Nuestra Señora de los Dolores. Tendría los ojos de Nuestra Señora de los Dolores, que están más allá del cielo y de la tierra; y tendría los labios de Nuestra Señora de los Dolores, que se ofrecen entreabiertos, en un confuso gesto de incomprensión, dolor y placer. La Dolores que chatea con Conan es idéntica a la virgen que vio Gutiérrez en semanasanta.andal.es, la página de Internet que exhibe la imagen de Nuestra Señora de los Dolores tal como se la puede ver en la iglesia de Sevilla. Así es la Dolores que *ve* Conan.

Hoy Gutiérrez decide chatear con Dolores, por lo que ya mismo deja de ser Gutiérrez para transformarse en Conan el Guerrero. El Conquistador de Cimmeria ingresa en Internet y se larga a buscar a sus amigos. Encuentra a Beto, a Jordi, a Killer y a Paloma, pero no encuentra a Dolores. Hola, amigos, Conan ha llegado, escribe Conan y de inmediato recibe la bienvenida de Beto, de Jordi, de Killer y de Paloma. ¡Salud, conquistador!, escribe Beto, ¡Hola, Conan!, escribe Jordi. Te esperábamos, escribe Killer. ¡Bienvenido!, escribe Paloma. Pero no aparece una sola palabra de Dolores. Beto le pregunta a Conan por sus últimas conquistas. Conan asegura que no incorporó nuevos territorios a su reinado. Jordi quiere saber sobre cierta película finlandesa, que nadie ha visto. Paloma dice algo del Machu Picchu, y por largo rato todos hablan de la ciudad inca. Dolores sigue ausente. Conan calcula que es tiempo de preguntar por ella, no hay nada de extraño si de pronto pregunta: ¿Qué se sabe de Dolores? Se trata de una pregunta candorosa, es inútil buscarle segundas intenciones. Si de golpe faltara Beto, Conan también preguntaría ¿Qué se sabe de Beto? Y lo mismo si faltasen Jordi, Killer o Paloma. Conan preguntaría: ¿Qué se sabe de Jordi, de Killer o de Paloma? Aunque sean amigos virtuales, aunque se desconozca realmente quiénes son y de dónde son, también en el ciberespacio preocupa la ausencia de un amigo. Por lo que Conan pregunta: ¿Qué se sabe de Dolores? La primera respuesta es de Beto.

BETO: Ni la menor idea, hace días que no aparece.

Antes de que Conan pueda decir algo, se ven las palabras de Killer.

KILLER: Nada sabemos, desapareció de golpe.

Las palabras de Killer suenan lúgubres. Por fortuna, interviene Paloma.

PALOMA: Se habrá ido de vacaciones a la montaña.

Conan está seguro de que Paloma intenta agredirlo, ¿despertarle celos, quizá? No cabe en la cabeza de nadie que un héroe de la Edad Hiboria pueda sentir celos. Sin embargo, Conan en este momento siente celos. Imagina a Dolores con un hombre en la montaña, y siente celos. Pero por encima de ese ridículo sentimiento prima su condición de soldado, de guerrero cincelado en mil batallas. Ya nos contará cómo le ha ido, escribe Conan y piensa que con eso pondrá fin al tema. Se equivoca. En la pantalla aparecen las palabras de Beto.

BETO: Creo que a Dolores la hemos perdido para siempre.

Conan se estremece. Si esa frase la hubiera escrito Killer, Conan no hubiese sentido nada. Es natural que Killer escriba cosas así. Pero es Beto quien acaba de escribir la hemos perdido para siempre, y Beto no es de escribir cosas de ese tipo. Conan supera de inmediato el sobresalto. Es condición de héroe no desfallecer jamás. Volverá, anota Conan, y sabe que en momentos como éste un guiño cómplice puede decir más que mil palabras; después de Volverá, Conan apunta ;-)
El efecto del *Smiley* se advierte de inmediato. Beto aparece otra vez en pantalla.

BETO: Volverá, Conquistador.

Enseguida Killer y después Jordi.

KILLER: Pronto la tendremos con nosotros.

JORDI: Volverá.

Conan no ve una sola palabra de Paloma. Es natural que Paloma haya elegido el silencio; en definitiva: el que calla otorga. Una vez más, Conan siente que ha triunfado. A partir de este momento sólo queda esperar. Ahora Beto, Jordi, Killer y Conan hablan de un virus, de nombre Matrix, que según dicen causa estragos. Hasta Paloma participa de la charla. Nadie nombra a Dolores y es mejor así, ya se ha dicho de Dolores todo lo que había que decir. Paloma y Killer apuntan l-). Es la hora de la despedida. Cada cual lo hace a su manera. Hasta la próxima, escribe Conan y confía que en esa próxima encontrará a Dolores. Esto último no lo escribe, lo piensa, por lo que nadie se entera: en el ciberespacio sólo importa lo que está escrito.

Gutiérrez se ha quitado el traje de Conan; sin embargo, no logra quitarse a Dolores. Más allá de las voces de ánimo que le dieron sus amigos, Gutiérrez está seguro de que la ha perdido para siempre. Pero quién la ha perdido: ¿Gutiérrez o Conan? Gutiérrez no tiene por qué sufrir las pérdidas de Conan. Hyde se mete en la vida de Jekill y estalla el escándalo. En el caso de Gutiérrez, el escándalo comenzó hace tiempo. Gutiérrez creía poder controlarlo y ahora advierte que no es posible. ¿Cuánto tiempo hace? No se puede precisar la fecha. Sólo se sabe que una tarde Gutiérrez comenzó a tener fantasías con Dolores. No Conan, que sería lo normal, sino Gutiérrez. Era Gutiérrez quien tenía fantasías con Dolores. Las fantasías no sucedían en la Edad Hiboria. Sucedían en este siglo, ahora y aquí. A Gutiérrez le pareció natural: era Gutiérrez y no Conan quien había visto aquella página en Internet. Era Gutiérrez quien había visto a la virgen. Sin embargo, no se puede decir que las fantasías que Gutiérrez tenía con Dolores fuesen virginales. A veces se trataba de una simple comida, una *fondue* de queso, por ejemplo, a la luz de las velas, en un restaurante solitario. Dolores esa noche le contaba a Gutiérrez cosas de su vida que nunca antes había contado. A veces, Gutiérrez y Dolores iban al cine y sólo se tomaban de la mano. Pero a veces, la mayoría de las veces, Gutiérrez y Dolores iban a un albergue transitorio. Allí repetían los actos de una pareja en un albergue transitorio; no es el caso detallarlos. Para sus fantasías sexuales, Gutiérrez sistemáticamente imaginaba un albergue transitorio; siempre el mismo albergue transitorio. Gutiérrez nunca llevó a Dolores a su departamento. Jamás se acostó con ella en su departamento. ¿Por qué Gutiérrez ni siquiera en su más loca fantasía llevaba a Dolores a su departamento? Muchas pueden ser las razones. Por ejemplo, Gutiérrez no quería ser sorprendido por la vecina del 2° C, una curiosa sin remedio, capaz de meterse en las fantasías de cualquiera. Otra posibilidad era evitar que lo descubriese Ivana. Gutiérrez estaba de novio con Ivana cuando comenzó a fantasear con Dolores. Estaba de novio con Ivana y, sin embargo, Gutiérrez nunca sintió que la engañara a Ivana cuando fantaseaba con Dolores. En cambio, sentía que Dolores engañaba a Conan. Esto hacía feliz a Gutiérrez. ¿Por qué lo hacía feliz? Habría que preguntárselo a Gutiérrez.

Ahora Gutiérrez no es feliz. Sabe que ha perdido a Dolores. Elaborar una pérdida virtual es más duro y lastimoso que elaborar una pérdida real. Dolores tal vez no existió jamás. Esa Dolores que chateaba con Conan y con la cual Gutiérrez fantaseaba pudo ser el invento de un chico ingenioso o de un viejo desesperado. Un viejo que padece una enfermedad terminal. Digamos un viejo, aburrido y sucio, que para matar el tiempo, el poco tiempo que le queda, decide engañar a Beto y a Paloma, a Jordi, a Killer y a Conan. A todos les dice que se llama Dolores, y todos le creen. Por lo que Dolores no sería esa muchacha de labios entreabiertos, que imagina Conan y con la cual fantasea Gutiérrez. Dolores en realidad sería un mísero anciano que ni siquiera controla los esfínteres. Un viejo que a falta de otra cosa se entretiene navegando por Internet y de tanto en tanto chatea con Beto, con Paloma, con Jordi, con Killer y con Conan. Así son las cosas en el ciberespacio.

Gutiérrez piensa que ese viejo mentiroso ha muerto, por lo que Dolores se habrá perdido para siempre. Alguna vez Gutiérrez leyó que sólo se pierde lo que realmente no se ha tenido. Es imposible que Gutiérrez pierda a Dolores porque Gutiérrez alguna vez tuvo a Dolores. La tuvo en sus fantasías, aún la tiene. Sólo se trata de saber buscarla. Gutiérrez está dispuesto a volver al ciberespacio, pero no con el traje de Conan. Sabe que Dolores no está para Conan, como no está para Beto, para Paloma, para Jordi ni para Killer. Pero el ciberespacio es infinito. Dolores puede estar para el nuevo nombre que elija Gutiérrez. Peter Pan, por ejemplo, o Robin Hood o Sandokan. Con cualquiera de estos nombres, Gutiérrez volverá al ciberespacio y desde allí podrá llamar a Dolores, hasta que Dolores aparezca. ¿Pero quién le garantiza que ésa es la Dolores que busca Gutiérrez? En definitiva, quien reclamará a Dolores será Peter Pan o Robin Hood o Sandokan. Habrá una Dolores para cada uno de ellos. Una Dolores para Peter Pan, otra Dolores para Robin Hood, otra Dolores para Sandokan. Ese es el problema.

Justo en este instante, cuando está a punto de volver al ciberespacio, Gutiérrez resuelve el problema. La solución surge de pronto, como la manzana que cae del árbol frente a Newton o el agua que desborda en la bañadera de Arquímedes. ¡Eureka!, está a punto de gritar Gutiérrez. Todo ha sido fruto de un error inicial. Gutiérrez se metió en un sitio equivocado. Estuvo fantaseando con una mujer que no le pertenecía. Llevado por la pasión, Gutiérrez olvidó una norma que desde siempre rige su vida: cada cosa en su lugar y un lugar para cada cosa. Un olvido de ese calibre suele pagarse caro. La felicidad es el precio. Gutiérrez acaba de resolver el problema, pero no se puede decir que en este momento Gutiérrez sea un hombre feliz.

¿Pero cómo se evalúa la felicidad? Gutiérrez recuerda haber escrito un libro, *Ser feliz*, se llamaba. No era un volumen de autoayuda sino un texto para la colección *El Saber Científico*, una colección que duró poco tiempo. Allí Gutiérrez explicaba la teoría propuesta por ciertos investigadores de la Universidad Washington, de St. Louis, Estados Unidos de Norteamérica. Según esos científicos, ser o no feliz era una pura cuestión genética. De la misma manera que ciertos genes son la causa de la obesidad, la violencia y la locura, habría un grupo de genes que se ocuparían de regir la felicidad del individuo. En base a esta propuesta, nada se podría hacer con la desdicha que ahora sufre Gutiérrez. Sería una cuestión genética, como su miopía.

Pero Gutiérrez sabe que no es así. Gutiérrez recuerda haber leído una nueva teoría acerca de la felicidad. No recuerda si la leyó en un diario o en una revista. El artículo se refería a la conclusión a la que había arribado un grupo de doctores de la Universidad de Minnesota. Después de un minucioso estudio, los científicos de Minnesota determinaron que la felicidad total no existe. Sin embargo, no hay que desesperar. Según esos investigadores, todos los seres de la Tierra, incluso Gutiérrez, tienen momentos de felicidad. Para saber si una criatura es realmente feliz, bastaría con sumar los momentos de felicidad que esa criatura tuvo a lo largo del año. Si el número que resultare de esa suma fuese igual o superior a cierto número clave, esa criatura sería feliz. En caso de que la suma arrojara un número inferior a ese número clave, esa criatura sería irremediablemente infeliz. El número clave es un número de tres dígitos. No es un capricho, sino el resultado, racional y lógico, de las investigaciones realizadas por los científicos de la Universidad de Minnesota. El número no hace diferencia de sexo, vale tanto para el hombre como para la mujer.

Gutiérrez tuvo sus momentos de felicidad a lo largo del año; sólo debe sumarlos. Pero de nada vale que los sume. Gutiérrez no recuerda cuál es el número clave, el número que determina si se es o no feliz. Gutiérrez siempre guarda este tipo de noticias, recorta los artículos y los almacena en diferentes sitios. Gutiérrez recuerda que recortó ese artículo, pero no recuerda en qué sitio lo guardó. Gutiérrez se dispone a buscar entre sus papeles. Hasta que no encuentre ese número de tres dígitos, Gutiérrez no sabrá si es un hombre feliz. Tendrá que aceptar esta desdicha que ahora lo aflige. Gutiérrez va hasta el cubo de madera que cumple las funciones de mesa de luz. Abre el recipiente que guarda las pastillas nocturnas, saca una y la pone en su lengua. Gutiérrez deja que la pastilla azul se deslice hacia su garganta. No es fácil lograr la felicidad.

XII

«Kid Warsen cabalga de nuevo.» Gutiérrez lo acaba de anotar en el bloc que tiene junto al teclado de la computadora. Gutiérrez piensa que puede ser un magnífico título. Sin embargo, no se lo sugerirá a Marabini. Gutiérrez sabe que no vale la pena. Los correctores también se ocupan del título; lo consideran una parte del texto. Los correctores eligen el título definitivo. Así está establecido. A Gutiérrez no le preocupa más de la cuenta. Se trata de títulos para libros escritos por encargo. Libros que en lugar de ofrecer el nombre de Gutiérrez en la tapa, en las portadillas y en la cabecera de las páginas, ofrecen alguno de los muchos seudónimos que utiliza Gutiérrez. El verdadero nombre de Gutiérrez aparecerá con todas las luces y con todas las letras en la novela auténtica que Gutiérrez piensa escribir. ¿Cuál será el título de esa novela? Ésta es una pregunta que Requejo le repite a Gutiérrez las veces que por casualidad se encuentran en la calle o en alguna librería o en una tienda cualquiera. Aún no tiene título, dice Gutiérrez. Qué raro, dice Requejo, el título es lo primero que se te ocurre no bien comenzás a escribir una novela. No siempre, dice Gutiérrez. Siempre, afirma Requejo. Gutiérrez, que es poco amigo de las discusiones, acepta que siempre. Sin embargo, ahí no acaba el debate. El título es un elemento esencial en toda gran novela, dice Requejo. No siempre, dice Gutiérrez. Siempre, afirma Requejo. Gutiérrez, pese a ser poco amigo de las discusiones, no acepta esta última afirmación. Si fuera así, dice Gutiérrez, qué pasaría con *El ingenioso hidalgo don Quijote de la Mancha*, con *Guerra y Paz* o con *Madame Bovary*. Yo hablaba de grandes novelas, dice Requejo. Gutiérrez comprende que no vale la pena seguir discutiendo, hace un gesto de aprobación que no significa nada y se dispone a hablar de otra cosa. Pero Requejo insiste. Yo sé por qué tu novela no tiene título, dice Requejo. Porque todavía no se me ocurrió ninguno, dice Gutiérrez. Poco importa el título que se te ocurra, dice Requejo, también el título queda en manos de los correctores. Esa afirmación indigna a Gutiérrez. No en este caso, dice Gutiérrez, indignado. En todos los casos, asegura Requejo. Gutiérrez niega moviendo la cabeza de izquierda a derecha y de derecha a izquierda, en un gesto que pretende ser sarcástico e indolente. Un gesto que para nada coincide con la verdadera preocupación de Gutiérrez.

Ésta es la verdadera preocupación de Gutiérrez: ¿Qué sucederá el día que le lleve a Marabini los originales de su novela auténtica? ¿Podrá Gutiérrez elegir el título o el título quedará en manos de los correctores? Son preguntas que Gutiérrez no se atreve a responder. Tal vez por eso ahora Gutiérrez abandona las aventuras de Kid Warsen y de manera casi febril (actitud inusual en Gutiérrez) anota algunos títulos posibles para su novela auténtica. Los anota en el bloc que tiene junto al teclado de la computadora. Se trata de un bloc borrador, por lo que habrá que aceptar que esos títulos no pasan de ser meros borradores; palabras sin importancia. Tan sin importancia son que Gutiérrez ni siquiera los archiva en el disco rígido de su computadora.

Por culpa de estas reflexiones a Gutiérrez se le han mezclado las cosas. Gutiérrez no soporta las mezclas. Hasta hace un momento estaba abocado a Kid Warsen, lo había hecho entrar en el *saloon* con ese aire entre pendenciero y cínico que caracteriza a su héroe. Gutiérrez había comenzado el diálogo que Kid Warsen mantendría con Ralph Techer, un tahúr de poca monta, destruido por la tuberculosis y el alcohol. «A veces sólo es un golpe de suerte», estaba diciendo Kid Warsen cuando de pronto a Gutiérrez se le ocurrió un título posible. «Kid Warsen cabalga de nuevo», anotó en el bloc que tiene junto al teclado de la computadora. En lugar de volver al diálogo de Kid Warsen, a lo que Ralph Techer le diría a Kid Warsen, Gutiérrez pensó que «Kid Warsen cabalga de nuevo» era un magnífico título. También pensó que no se lo iba a sugerir a Marabini. Un pensamiento trajo a otro pensamiento y de golpe Gutiérrez dejó de pensar en Kid Warsen, en lo que Ralph Techer le iba a decir a Kid Warsen, y se puso a pensar en la novela auténtica, en el título de la novela auténtica que Gutiérrez proyecta escribir. Las cosas se mezclaron sin remedio. Gutiérrez, que no soporta las mezclas, en casos como éste detiene su marcha, abandona por un momento lo que está escribiendo y opta por hacer algo alejado de la literatura. Por ejemplo, mirar el reloj. Faltan quince minutos para las tres de la tarde. Gutiérrez podría entrar en Internet, navegar un rato por la red, y chatear con los amigos, con Beto y Killer, con Paloma y Jordi. Podría, incluso, comprobar si finalmente Dolores ha vuelto. Gutiérrez comprende que las tres de la tarde no es la mejor hora para vestir el traje de Conan el Bárbaro. Tampoco tiene ganas de coquetear con Margaret. Por lo que opta por algo más sano y deportivo. Gutiérrez archiva lo que ha escrito, apaga la computadora y a paso resuelto se dirige hacia el dormitorio. En el placard busca su jogging azul y las zapatillas del mismo color. Se quita los zapatos, el pantalón y la camisa y se pone el jogging (ha decidido dejarse las medias: son azules y no desentonan con el conjunto), calza las zapatillas y emprende camino a la calle. Gutiérrez dará una vuelta completa a la manzana. Es el ejercicio que Gutiérrez acostumbra a realizar en momentos como éste, cuando todo se le mezcla, sin razón y en contra de su voluntad.

Gutiérrez cierra la puerta de su departamento con doble vuelta de llave, después camina por el pasillo, más que caminar anda al trotecito, como para entrar en calor. Gutiérrez sabe que el ojo alerta de la vecina del 2° C lo seguirá hasta el mismo hueco de la escalera. Por ese hueco se perderá Gutiérrez y ya no habrá razón para que la vecina del 2° C continúe con el control. Ahora Gutiérrez está en la puerta del edificio. Nadie parece reparar en Gutiérrez. Hay muy poca gente por la calle; una ausencia lógica debido al día y a la hora. Es un día laborable y han pasado quince minutos de las tres de la tarde. A Gutiérrez le tiene sin cuidado que haya o no haya gente. Realiza unos pocos ejercicios de elongación en brazos y piernas y se dispone a iniciar su caminata sanitario-deportiva. Gira hacia la izquierda y emprende la marcha. Gutiérrez ejecuta esa marcha de izquierda a derecha, del mismo modo que se mueven las agujas del reloj. Esto no es un mero capricho. Hace un par de años, Gutiérrez escribió algunos libros para la colección *Países del Mundo*, una colección que tuvo corta vida y que, como su nombre lo indica, agrupaba volúmenes destinados a ofrecer información sobre distintos países del mundo. Suecia fue uno de los países que le tocaron a Gutiérrez. El libro se llamó *El milagro sueco* o *Suecia y el milagro económico*. Gutiérrez no lo recuerda con exactitud, pero recuerda que la palabra «milagro» estaba en el título y obligadamente tenía que estar la palabra «Suecia» o la palabra «sueco». En aquella oportunidad, como en todas las otras oportunidades, Marabini le brindó a Gutiérrez abundante material informativo. Gutiérrez, que siente especial simpatía por los países nórdicos, leyó y anotó todo lo que le pareció adecuado para el buen rumbo del libro. Gutiérrez se enteró de que los suecos tienen un modo característico de transitar por los paseos públicos: invariablemente lo hacen de izquierda a derecha, siguiendo el curso de las agujas del reloj. No importa que se trate de una plaza o de un parque nacional. Para recorrer esa plaza o ese parque nacional, los suecos siempre inician su marcha por la izquierda y siempre la finalizan por la derecha. No existe ninguna ley que lo decrete, pero así se hace y no hay quien lo discuta. Los suecos suelen respetar las tradiciones. Leyendo el material brindado por Marabini, Gutiérrez también supo que Suecia es un país notablemente organizado, que sus gobernantes, cualquiera sea su tinte político, no dejan nada en manos del azar. A partir de esas lecturas creció notablemente la admiración que Gutiérrez profesa por Suecia.

En la época en que escribió *El milagro sueco* o *Suecia y el milagro económico*, Gutiérrez había comenzado a realizar sus caminatas sanitario-deportivas. Hasta ese momento no tenía ningún canon establecido para hacerlas. Algunas veces Gutiérrez giraba hacia la derecha; otras veces giraba hacia la izquierda. Pero el mismo día en que tuvo conocimiento de la costumbre sueca, Gutiérrez decidió adoptar la modalidad nórdica para realizar sus caminatas sanitario-deportivas. Desde entonces, invariablemente las celebra de izquierda a derecha. Gutiérrez da vuelta a la manzana, siguiendo el curso de las agujas del reloj. No ha claudicado una sola vez. ¿A qué se debe semejante obstinación? Gutiérrez se siente un súbdito del reino de Suecia, y esto no le desagrada. Es un sentimiento íntimo. Nunca se lo contó a Ivana; tampoco se lo contó a Requejo.

Las caminatas sanitario-deportivas bien podrían confundirse con las caminatas que Gutiérrez lleva a cabo cada quince días alrededor de la manzana de la editorial. Sin embargo, son bien distintas. Gutiérrez camina alrededor de la manzana de la editorial con el propósito de resolver un enigma: descubrir la cueva de los correctores. Las caminatas sanitario-deportivas, en cambio, Gutiérrez las realiza por exclusivas razones de salud: sólo cuando se le mezclan las cosas y los pensamientos. No es posible precisar cuándo se producen estas mezclas. Pueden darse dos o tres casos en una semana o puede pasar más de un mes sin que se produzca nada. No hay que confundir las caminatas.

Gutiérrez no las confunde. Ahora dejó atrás la primera esquina y se dispone a avanzar por una cuadra casi desierta. Todo indica que esta caminata sanitario-deportiva será idéntica a las anteriores. Sin embargo, no es así. En mitad de la cuadra casi desierta que Gutiérrez se dispone a recorrer hay un hombre solitario que le resulta familiar. Se trata de ese hombre con la cabeza gacha que días atrás había estado delante de Gutiérrez, en la fila para subir al ómnibus. Como en aquella oportunidad, el hombre solitario tiene la cabeza gacha. Está de espaldas a la calle, mirando a la pared. Aunque tampoco es correcto decir «mirando a la pared». El hombre tiene la cabeza gacha, por lo que en todo caso estaría mirando el suelo. Esto, por supuesto, si el hombre de la cabeza gacha tuviera los ojos abiertos. Detalle que no se puede advertir desde donde está Gutiérrez.

Gutiérrez está a algo más de cincuenta metros del hombre solitario de la cabeza gacha. Coincidencias, piensa Gutiérrez y avanza a paso decidido. Ahora Gutiérrez pasa junto al hombre solitario de la cabeza gacha. Gutiérrez lo mira de soslayo, por lo que no alcanza a distinguir si el hombre solitario de la cabeza gacha tiene o no los ojos abiertos. Por su parte, el hombre solitario de la cabeza gacha parece no haber advertido la presencia de Gutiérrez, porque continúa en la misma actitud que tenía cuando Gutiérrez dobló la esquina: la cabeza gacha, de espaldas a la calle y mirando el suelo; en caso de que tuviese los ojos abiertos. Gutiérrez ha pasado junto al hombre solitario de la cabeza gacha y continúa su marcha a paso rápido. Gutiérrez piensa seguir así hasta la próxima esquina, sin darse vuelta ni una sola vez. Gutiérrez cumple con su promesa. Si se hubiera dado vuelta, aunque hubiese sido una sola vez, habría visto que el hombre solitario ya no tenía la cabeza gacha, hubiera visto que el hombre solitario había levantado la cabeza y habría visto cómo el hombre solitario caminaba, con paso lento y tranquilo, en sentido contrario al que llevaba Gutiérrez.

Gutiérrez ha llegado a la otra esquina e inicia su recorrido por la nueva cuadra. Coincidencias, vuelve a pensar Gutiérrez. Es natural reencontrarse con un desconocido. Sucede a cada instante y no hay de qué o por qué preocuparse. Sin embargo, Gutiérrez está preocupado. Ese hombre solitario de la cabeza gacha bien podría ser un espía, alguien destinado a seguir los pasos de Gutiérrez. Gutiérrez piensa que es una tontería pensar eso. Si alguien quisiera espiarlo buscaría la forma de no hacerse notar, y el hombre solitario de la cabeza gacha no hace el menor esfuerzo por pasar desapercibido. Gutiérrez piensa que el hombre solitario de la cabeza gacha podría ser un personaje interesante para alguna futura novela. No para una novela de espionaje; tampoco para una historia policial, pero bien podría servir para alguna novela de corte dramático. Gutiérrez piensa en el viejo tema de la bella y la bestia. El hombre solitario de la cabeza gacha sería la bestia que sufre sin consuelo porque sabe que jamás logrará los favores de la bella. Gutiérrez sabe que ese tipo de historias entusiasman al gran público.

Gutiérrez ha cumplido con su caminata sanitario-deportiva. Está nuevamente en la puerta de su casa. Sube los dos pisos por la escalera. Sabe que no bien comience a andar por el pasillo, sus pasos serán seguidos por el ojo atento de la vecina del 2° C. Esto no le preocupa más de la cuenta. Gracias a la caminata sanitario-deportiva, Gutiérrez ha vuelto a ordenar sus cosas. Desaparecieron esas mezclas que tanto lo molestaban. Ahora sólo le interesa continuar con las aventuras de Kid Warsen. Gutiérrez entra a su departamento. Se sirve un merecido vaso de leche y enciende la computadora. Trae a la pantalla a Kid Warsen y busca el diálogo suspendido. «A veces sólo es un golpe de suerte», estaba diciendo Kid Warsen. «No siempre es un golpe de suerte», le hace decir Gutiérrez a Ralph Techer. La aventura continúa.

XIII

Hoy es lunes y Gutiérrez acaba de poner el punto final a una nueva aventura de Kid Warsen. En realidad, el punto final lo puso ayer: domingo. Casi a las doce de la noche del domingo, Gutiérrez archivó la nueva aventura de Kid Warsen. La archivó bajo el nombre Warsen.doc. Por entonces el título «Kid Warsen cabalga de nuevo» había quedado definitivamente en el olvido. Así, bajo «Warsen.doc», Gutiérrez guardó el texto en la carpeta «Faenas». Otro libro terminado. Aunque realmente estará terminado después de que Kid Warsen pase por los correctores. Los correctores tienen la última palabra, son los únicos autorizados a modificar la historia. Se dice que a diario enmiendan innumerables textos. Hay quienes aseguran que únicamente hacen eso, y que lo hacen sin descanso durante las veinticuatro horas. Pero éstas sólo son suposiciones; la gente, como bien se sabe, habla por hablar.

El domingo Gutiérrez trabajó hasta la medianoche. El domingo es el séptimo día de la semana. Un día santificado. Fue el día en que Dios bíblico *«reposó de toda su obra que había creado y hecho»*. Gutiérrez, que también se siente un creador (aunque no de la magnitud de Dios), carece de un día determinado para el reposo. A Gutiérrez le da lo mismo descansar un martes, un viernes o un domingo. Sería un error pensar que Gutiérrez, a la manera de los antiguos caminantes, descansa donde lo sorprende la noche. Nada de eso. Son los libros que Gutiérrez escribe los que de alguna manera organizan el descanso de Gutiérrez. Los disquetes deben ser entregados en día y hora precisos. Marabini no admite dilaciones. No se puede detener a la formidable industria editorial por el mero descanso de uno de sus escritores fantasmas. Gutiérrez es consciente de eso. Hasta ahora no se ha retrasado un solo día, y no se retrasará jamás. Los lunes, invariablemente, Gutiérrez da dos golpecitos suaves en la puerta del despacho de Marabini, aguarda la orden de entrar que le da Marabini, y le entrega a Marabini el disquete con la primera parte del libro o con la segunda y última parte; según corresponda. Semejante armonía sólo se da en personas muy responsables y muy equilibradas. Gutiérrez se puede catalogar entre ese tipo de personas. Nada que ver con un auténtico creador, dice Requejo las veces que por casualidad se encuentran en la calle o en una librería o en una tienda cualquiera y discuten acerca de la creación y el orden. Requejo asegura que todo creador tiene algo de bohemio, da infinidad de ejemplos, que no vale la pena repetir ahora, y propone el desorden creativo. Gutiérrez no está de acuerdo con esa postura. Para refutarla, cita al *Génesis*. Gutiérrez habla de los ordenados y precisos días que se tomó Jehová para crear los cielos, la tierra y todo su ornamento. Pero si vos sos agnóstico, dice Requejo. Una cosa no tiene nada que ver con la otra, dice Gutiérrez. Requejo dice que sí, que tiene que ver. Entonces Gutiérrez se refiere al riguroso orden del universo. ¿Qué tenés que decirme de eso?, le pregunta Gutiérrez a Requejo y, aunque resulte insólito, Requejo no tiene respuesta para esa pregunta de Gutiérrez. Por lo que ahí mismo se acaba la discusión.

Para Gutiérrez, por consiguiente, el domingo no es un día santificado, es un día como cualquier otro. No debe sorprender, entonces, que Gutiérrez haya consagrado el domingo casi por entero a Kid Warsen. Gutiérrez se alejó de la computadora en tres oportunidades. La primera, con el solo propósito de almorzar. Como era domingo, Gutiérrez optó por un plato de fideos con manteca. La segunda, con el solo propósito de merendar. Para esta oportunidad, Gutiérrez eligió té de manzanilla y dos galletas sin sal. La tercera, con el solo propósito de cenar. Fue una cena frugal: Gutiérrez recalentó los fideos que habían quedado del mediodía, de postre comió una pera. Durante el almuerzo, Gutiérrez bebió leche; durante la cena, agua. Mientras comía el postre, a Gutiérrez se le ocurrió ponerse el traje de Conan El Magnífico. Gutiérrez pensó que Dolores no iba a estar en el ciberespacio y desistió de la idea. Gutiérrez apagó la computadora, tomó su pastilla azul y se fue a dormir.

Un buen descanso rinde sus frutos. A la mañana de hoy lunes, Gutiérrez se siente más lúcido que nunca. Coloca una pastilla azul sobre su lengua y deja que la pastilla se deslice hacia su garganta. Gutiérrez considera que no hay que desaprovechar estos momentos de lucidez, por lo que decide leer una vez más el último capítulo de la nueva aventura de Kid Warsen. No encuentra nada digno de ser corregido. Gutiérrez sabe que ésa no será la opinión de los correctores. Pero así son las cosas. Por lo que Gutiérrez archiva la novela en el disquete y, con la paz que da toda labor cumplida, se dispone a saborear su desayuno: un vaso de leche fría y dos galletitas sin sal. Ahora es el momento de la ducha, pero antes debe cepillar sus dientes. Gutiérrez no entiende a esos hombres y a esas mujeres que cepillan sus dientes mientras se duchan. Fiel al orden antes consignado, para Gutiérrez todo debe hacerse paso a paso. Primero cepilla sus dientes y luego se ducha. En este momento, precisamente, entra en la bañadera y abre la canilla. El agua golpea su cuerpo. Gutiérrez ha logrado la temperatura justa: ni fría ni caliente; se puede decir que Gutiérrez es feliz. Por lo que decide sumar este momento de felicidad a los otros momentos felices logrados en lo que va del año. Gutiérrez aún no encontró el artículo donde los científicos de Minnesota dan a conocer el número de tres dígitos que, tajantemente, determina si un hombre es o no es feliz. Gutiérrez no pierde la esperanza de encontrarlo, por eso sigue sumando sus momentos de felicidad.

Gutiérrez alguna vez leyó de qué modo debe vestirse y desvestirse todo hombre. El artículo estaba publicado en una revista de información general y lo firmaba una mujer, por lo que era un juicio doblemente válido. Esa mujer (Gutiérrez ha olvidado su nombre) subrayaba que para vestirse un hombre debe ponerse primero el pantalón, luego las medias y los zapatos y por último la camisa. Para desvestirse, por el contrario, primero se debe sacar la camisa, luego los zapatos y medias y por último el pantalón.

Gutiérrez tiene puestas las medias y los zapatos, acaba de ponerse la camisa y ajustarse la corbata y recién ahora se dispone a ponerse los pantalones. Este modo de vestirse infringe las reglas propuestas en aquel artículo que leyó Gutiérrez; incluso va en contra de la natural simetría que Gutiérrez utiliza para sus cosas. Si alguien en este momento mirara a Gutiérrez, lo vería en camisa, corbata y calzoncillos. Una figura a todas luces ridícula. ¿Por qué motivo, pese a lo ridícula de la figura, Gutiérrez insiste en ponerse la camisa y hacerse el nudo de la corbata antes de ponerse el pantalón? Es una pregunta que tiene varias respuestas. Aunque tal vez ninguna de ellas sea la correcta, elegimos una. Es el modo con que Gutiérrez, secretamente, avala la teoría del libre albedrío. Teoría de la que Gutiérrez reniega en público. Una vez puesto el pantalón, Gutiérrez comprueba que tanto la llave del gas como las llaves de la luz estén cerradas, se pone el saco, luego el sobretodo y sale al pasillo. Gutiérrez sabe que la vecina del 2° C tiene el ojo en la mirilla de la puerta y sabe que lo va a seguir con la mirada hasta que Gutiérrez se pierda por el hueco de la escalera. A Gutiérrez la mirada de la vecina del 2° C casi no le preocupa. Sabe que el ojo vigilante de la vecina del 2° C también tiene que ver con el orden lógico con que se rige el universo.

En la calle unos gruesos nubarrones amenazan lluvia. Gutiérrez considera que esos nubarrones no son más que una amenaza, por lo que desiste de regresar a su departamento en busca del impermeable. Ahora Gutiérrez se dispone a recorrer las nueve cuadras que lo conducen hacia el ómnibus que lo llevará hasta el despacho de Marabini y hacia el nuevo libro que le encargará Marabini. Pese a la amenaza de lluvia, Gutiérrez no apura el paso, le sobra tiempo para llegar sin sobresaltos. Gutiérrez mira el cielo y piensa que es un día perfecto para su vuelta alrededor de la manzana de la editorial. Lamenta no haber ido por el impermeable, de ese modo se hubiera parecido a Eric Thompson, el duro investigador privado protagonista de muchas novelas policiales escritas por Gutiérrez.

Gutiérrez acaba de dar dos golpecitos suaves sobre la puerta del despacho de Marabini. Adelante, dice Marabini. Gutiérrez abre la puerta, inclina levemente la cabeza, a modo de primer saludo, cierra la puerta y se dirige hacia el escritorio de Marabini con la mano derecha extendida, dispuesto a llevar a cabo el saludo formal. Marabini lo espera de pie, también ha extendido su mano derecha. Marabini tiene puesto un traje azul, aunque de tono más claro de los que habitualmente usa. Marabini parece contento, incluso podría decirse que en su cara se esboza una tenue sonrisa. Muy bien, Gutiérrez, muy bien, dice Marabini y señala hacia el techo, gustó la primera parte de su *cowboy*. Para Gutiérrez el gesto que acaba de hacer Marabini es realmente contradictorio. Si como muchos aseguran, los correctores podrían estar situados en el subsuelo de la editorial, ¿por qué razón Marabini señaló hacia arriba? ¿Una manera de desorientarlo? O tal vez los correctores están en el último piso de la editorial. ¿Están en el cielo en lugar de estar en el infierno, como hasta ahora se creía? Gutiérrez piensa que ése es un buen dato para la novela secreta que está escribiendo. Lo piensa aunque siga creyendo que los correctores no están ni en el subsuelo ni en el último piso de la editorial sino en algún sitio de la manzana donde se alza el edificio de la editorial.

¿Por qué no contesta, Gutiérrez, se ha quedado mudo?, pregunta Marabini. Estaba pensando, dice Gutiérrez. ¿Qué estaba pensando?, pregunta Marabini. Estaba pensando cuánta razón tenía usted cuando me dijo que no hiciera pensar a Kid Warsen, dice Gutiérrez. No fui yo, fueron ellos, dice Marabini, aunque esta vez no señala ni arriba ni abajo. Pero usted tuvo algo que ver, insiste Gutiérrez. Bueno, tuve algo que ver, reconoce Marabini, pero usted también puso lo suyo. Usted está mejorando, Gutiérrez, está haciendo las cosas como se le piden; casi como si fuera un escritor de verdad. ¿No me corrigen?, se atreve a preguntar Gutiérrez y señala hacia arriba. Gutiérrez, no se ponga en ese Gutiérrez que no nos interesa, dice Marabini. ¿Cómo pretende que no lo corrijan? ¿Cómo puede pretender semejante cosa, Gutiérrez? Era una idea loca, dice Gutiérrez. ¿Cómo una idea loca?, pregunta Marabini. ¿Desde cuándo tiene ideas locas? No, no, se apresura a decir Gutiérrez, no tengo ideas locas. Sólo tuve ésta ahora, pero ya se fue. Me alegro, Gutiérrez, dice Marabini, para el trabajo que usted hace no hay peor cosa que tener ideas locas. Usted no puede tener ideas locas, Gutiérrez. No las tengo, Marabini, créame que no las tengo, afirma Gutiérrez y piensa que de pronto todo se derrumba. Gutiérrez inclina la cabeza, aguardando las palabras que piensa le dirá Marabini. «Hasta aquí llegamos, Gutiérrez. Se acabó su tarea en esta editorial», piensa que le dirá Marabini. Pero en cambio Marabini dice que no le queda mucho tiempo. No me queda mucho tiempo, Gutiérrez, dice Marabini, vamos a hablar de su próximo libro. Lo que usted quiera, Marabini, dice Gutiérrez y levanta la cabeza.

Marabini le ha dicho a Gutiérrez que van a hablar del

próximo libro que Gutiérrez debe escribir. Se lo encargo a usted, dice Marabini, porque estoy seguro de que usted sabrá dar en la tecla. Gutiérrez afirma con dos suaves movimientos de cabeza, aunque no sabe de qué libro se trata y, por consiguiente, no está en condiciones de afirmar si puede o no dar en la tecla. Si bien usted ya ha escrito otros volúmenes de parecido tenor, dice Marabini, en esta oportunidad, aunque parezca algo parecido, se trata de algo distinto. Gutiérrez asiente otra vez con movimientos de cabeza, pero sigue sin entender. Le voy a explicar, dice Marabini. Gutiérrez disimula un suspiro de alivio y se dispone a oír la explicación de Marabini. Sin embargo, tampoco ahora explica nada Marabini. En lugar de explicar de qué libro se trata, vuelve a referirse al evidente cambio que se ha producido en el modo de trabajar de Gutiérrez. Esto, obvio es decirlo, alimenta el orgullo de Gutiérrez. Un cambio para bien, dice Marabini. Gutiérrez agradece con una ligera inclinación y gira la cabeza hacia la pared donde cuelgan las fotos de los escritores célebres que publican en esa editorial. Gutiérrez piensa que muy pronto también su foto colgará de esa pared y piensa que éste podría ser un buen momento para hablarle a Marabini de la novela auténtica que se dispone a escribir. Una idea loca, piensa Gutiérrez. No la idea de la novela auténtica que se dispone a escribir, sino la idea de contarle esa idea a Marabini. Gutiérrez deja de mirar las fotos de los escritores célebres que cuelgan de la pared y se dispone a oír a Marabini quien, por fin, le habla del libro que ha decidido encargarle.

Un horóscopo, dice Marabini. Gutiérrez lo mira sorprendido. Gutiérrez ha escrito varios horóscopos, no entiende qué tiene de original o de nuevo este pedido. ¿Un horóscopo?, pregunta Gutiérrez, sin ocultar su sorpresa. Sí, un horóscopo, repite Marabini, esos libritos que describen la personalidad y anticipan el futuro. Por medio de los astros, completa Gutiérrez. En este caso no, dice Marabini, y eso es lo que tendrá de diferente, ¿me entiende, Gutiérrez? Más o menos, confiesa Gutiérrez. Marabini hace un gesto de fastidio. Trataré de explicárselo, Gutiérrez, dice Marabini, préstame atención. Gutiérrez asegura que le prestará atención. Los horóscopos tradicionales se basan en el movimiento de los astros, ¿verdad, Gutiérrez?, dice Marabini. En el movimiento de los astros, confirma Gutiérrez. Después llegó a Occidente el horóscopo chino, que en lugar de los astros recurre a los animales, dice Marabini. Efectivamente, confirma Gutiérrez, recurre a ciertos animales: la cabra, el chancho. No necesito que me los enumere, Gutiérrez, dice Marabini, basta con que sean animales. Incluso recurren al dragón, que es un animal mitológico, dice Gutiérrez. Sé muy bien lo que es el dragón, Gutiérrez, dice Marabini, pero no estamos aquí para hablar del horóscopo chino, sólo lo puse como ejemplo. Gutiérrez asiente en silencio y espera que Marabini amplíe su explicación. Marabini no se hace esperar. Después vinieron otros horóscopos, de otros países. Está el horóscopo maya, dice Marabini, y el horóscopo azteca, creo. El maya, confirma Gutiérrez. Bueno, el maya, dice Marabini, quiero que usted me haga uno. ¿Un horóscopo maya?, pregunta Gutiérrez. No, Gutiérrez, se indigna Marabini, usted no entiende nada, el horóscopo maya ya está hecho, quiero un horóscopo nuevo. ¿Nuevo?, pregunta Gutiérrez. No repita todo lo que le digo, Gutiérrez, dice Marabini, un horóscopo nuevo es un horóscopo nuevo. Puede ser el horóscopo quechua o el horóscopo egipcio, usted lo elige, a su gusto, Gutiérrez.

Marabini apoya sus manos sobre el escritorio. Es el gesto que hace Marabini cuando está a punto de ponerse de pie. Apoya las manos sobre el escritorio y de esa manera se da impulso. Gutiérrez se para casi al mismo tiempo que Marabini, aunque sin darse ningún impulso. Ahora están los dos de pie. Gutiérrez tímidamente pregunta: ¿No me va a dar nada, Marabini? ¿Darle qué, Gutiérrez?, quiere saber Marabini. No sé, vacila Gutiérrez, algún material sobre el horóscopo quechua o el horóscopo egipcio. Usted pide cada cosa, Gutiérrez, se indigna Marabini. ¿Cómo le voy a dar algo que no existe? ¿No le acabo de decir que tiene que inventarlo usted? ¿No quiere ser escritor, Gutiérrez?, pregunta Marabini y antes de que Gutiérrez conteste, afirma: todos los escritores inventan. Marabini señala la pared donde cuelgan las fotos de los escritores célebres. Ésos están ahí, dice Marabini, porque supieron inventar. Invente, Gutiérrez, invente si quiere ser escritor. Voy a inventar, Marabini, dice Gutiérrez y le extiende la mano derecha. Marabini hace lo mismo. Ambas manos se estrechan. Más que un saludo parece que estuvieran sellando un pacto. Un último detalle, Gutiérrez, dice Marabini, cada dos o tres páginas incorpore una línea con seis números diferentes, de una o dos cifras. A la gente le gusta jugar, ¿vio? Así se hará, dice Gutiérrez, cada tres páginas seis números. Por ahí hace millonario a alguno de sus muchos lectores, dice Marabini. Todo puede ser, dice Gutiérrez.

En la calle las nubes de tormenta han desaparecido por completo. Ahora brilla el sol y aunque la temperatura continúa siendo baja es un mediodía que invita a caminar. Es lo que se propone hacer Gutiérrez. Está a punto de dar la vuelta completa a la manzana. En esta oportunidad a Gutiérrez lo mueven dos propósitos: encontrar, por fin, el sitio donde operan los correctores y volver a encontrarse con Ivana o con esa mujer que tanto se parecía a Ivana. Desde la última vez que la vio, Gutiérrez no puede quitársela de la cabeza. Esto no es bueno, sobre todo ahora que Gutiérrez debe ocupar su tiempo en el horóscopo, quechua o egipcio, que Marabini le acaba de encargar.

Gutiérrez realiza el rito de dar una vuelta completa a la manzana. No encuentra el sitio donde operan los correctores; tampoco se cruza con Ivana o con esa mujer que tanto se parecía a Ivana. Pero al menos la vuelta a la manzana ha servido para algo. Gutiérrez decidió que el horóscopo será quechua. Sube al ómnibus ansioso por llegar a casa. Deberá documentarse acerca de la vida de este pueblo amerindio que habitó en la cordillera de los Andes. Serán días de intenso trabajo.

XIV

Marabini no le ha dado ningún material a Gutiérrez. Invente, Gutiérrez, todos los escritores inventan, le dijo Marabini. Pese a semejante verdad, Gutiérrez decidió acudir a su biblioteca. No a la biblioteca que tiene disimulada en el placard del dormitorio. En este momento Gutiérrez se encamina hacia la biblioteca del living, la que está a la vista de todos. Gutiérrez piensa que en esa biblioteca encontrará el material conveniente.

La búsqueda rinde sus frutos. Gutiérrez ha rescatado dos valiosos títulos: *Civilizaciones precolombinas* y *Viracocha recuperado*. El primero de ellos es un grueso volumen de cuatrocientas sesenta y seis páginas, publicado por Ediciones Tarimas, para su colección «Enciclopedia del hombre que triunfa», copyright 1928. *Civilizaciones precolombinas* es una investigación realizada por el historiador francés Pierre Duchiez, experto en culturas indígenas ya desaparecidas. La traducción de *Civilizaciones precolombinas* corresponde a J.G.C. Sólo figuran sus iniciales. Gutiérrez piensa en ese tal J.G.C., en el poco afán de protagonismo de J.G.C. Después de traducir las cuatrocientas sesenta y seis páginas escritas por Pierre Duchiez, J.G.C. decidió que sólo figurasen sus iniciales; escondió su nombre. Algo parecido a lo que sucede con el propio Gutiérrez. Para sus desconocidos lectores,

Gutiérrez a veces es Bill Ryan o Giovanni Storza o John McMillar o Simone Marchand, depende del libro que haya escrito. Son decisiones. Aunque una cosa es traducir y otra, muy distinta, escribir. Gutiérrez sabe que cuando publique la novela auténtica que piensa escribir, quedarán atrás Bill Ryan y Giovanni Storza y John McMillar y Simone Marchand. La novela auténtica que Gutiérrez piensa escribir aparecerá con el nombre auténtico de Gutiérrez. Algo que no sucede, piensa Gutiérrez, con ese tal J.G.C.; porque J.G.C. es traductor no escritor. Otra cosa que desconcierta a Gutiérrez es la colección en que situaron *Civilizaciones precolombinas*. ¿Por qué un libro que habla de la cultura indígena americana está en la colección «Enciclopedia del hombre que triunfa»? No se puede decir que los incas hayan triunfado. Tal vez se trate de un decreto de los correctores. Es muy posible que en 1928, Ediciones Tarimas haya tenido correctores tan severos como los que ahora tiene la editorial para la que trabaja Gutiérrez.

Viracocha recuperado es un volumen de menos páginas. Ciento cuarenta y ocho en total, incluyendo índice y bibliografía. Fue publicado en 1956 por Editorial Resurgir, en su colección «Otros mundos». Una colección que, según se informa, reúne «Libros amenos y asequibles para el hombre de nuestro tiempo». Alphons van Hemel, natural de Eindhoven, Holanda, es el autor de *Viracocha recuperado*. El libro tal vez fue escrito en neerlandés. Aunque esto es una mera suposición, ya que en el copyright no figura el título original; tampoco figura el nombre del traductor. La tapa de *Viracocha recuperado* es de vivos colores y auténtico mal gusto. Gutiérrez la encuentra muy parecida a las tapas de sus propios libros. Esos libros que Gutiérrez invariablemente encuaderna en cuerina azul y guarda en la biblioteca oculta en el placard del dormitorio. La contratapa de *Viracocha recuperado* es algo más sobria. Unas extrañas figuras, imposibles de descifrar, enmarcan un texto de caracteres góticos.

Gutiérrez lee ese texto. «Alphons van Hemel —lee Gutiérrez— apenas necesita presentación, destacado mentalista, se ha convertido en un personaje popular a través de sus libros y en la personalidad más relevante de cuantos investigan los enigmas de las religiones incaica y preincaica.» Gutiérrez lee que «Alphons van Hemel con su estilo directo y ameno, con lenguaje llano y exento de florituras, explica cómo y por qué surgió la fe en Viracocha, el Señor Maestro del Universo». Gutiérrez también lee que «Alphons van Hemel arriba a sobrecogedoras conclusiones que lo han puesto a un paso de ser excomulgado por las autoridades vaticanas». Gutiérrez desconoce si finalmente se ejecutó esa sentencia, y le importa poco que se haya o no ejecutado. Gutiérrez jamás negó su agnosticismo, y Marabini no tiene por qué enterarse de que Gutiérrez, para confeccionar el horóscopo quechua, consultó un libro estigmatizado por la Iglesia católica. Gutiérrez no piensa incluir bibliografía en su horóscopo quechua. Sería ridículo un horóscopo con bibliografía, y Gutiérrez, no está de más repetirlo, odia caer en el ridículo.

Primero la razón, después la pasión, es uno de los dogmas de Gutiérrez. Fiel a ese dogma, Gutiérrez cierra *Viracocha recuperado* y abre *Civilizaciones precolombinas*. Gutiérrez se detiene en el capítulo cuatro de *Civilizaciones Precolombinas* «¿Quechua o quichua?», es el título del capítulo. A Gutiérrez le sorprende esa pregunta. Pierre Duchiez la responde de inmediato. Las vocales del quechua, explica Pierre Duchiez, varían en su pronunciación: la *e* y la *o* aparecen sólo como variantes combinatorias de la *a*, la *i* y la *u*. Puede escribirse indistintamente quechua o quichua, ya que, indistintamente, se oye de una u otra forma. Una simple cuestión de sonido. Pero, como bien se sabe, las palabras no sólo se oyen; también se leen. Esto inquieta a Gutiérrez. La gramática quechua o quichua fue forjada por los españoles y, como bien se sabe, casi todas las palabras en idioma español se oyen tal como han sido escritas. Por lo que Gutiérrez no sabe si optar por quechua o por quichua.

Por encima de este asunto fonético, Gutiérrez presiente que los quechuas o quichuas (como se prefiera) son más importantes de lo que en principio pensaba. Gutiérrez pensaba que los quechuas o quichuas eran semejantes a los tehuelches o a los comechingones. Gutiérrez pensaba que la quechua o quichua era una simple tribu cazadora, como la tehuelche, o una simple tribu cosechadora, como la comechingón. Nada de eso. Gracias a Pierre Duchiez, Gutiérrez se entera de que los quechuas se extendían por vastos territorios de Latinoamérica y se entera de que la lengua quechua continúa siendo hablada por millones de personas en Perú, Bolivia, Ecuador, Chile y el noroeste de la Argentina. Gutiérrez se entera de la importancia que tuvieron los quechuas o quichuas antes y después de la llegada del conquistador español, pero no se entera si los quechuas o quichuas tenían, antes o después de esa llegada, algún conocimiento de astrología. *Civilizaciones precolombinas* no dice una palabra de eso. No brinda la menor información acerca de la existencia de astrólogos en el pueblo quechua o quichua. El corazón tiene razones que la razón no entiende, piensa Gutiérrez y nuevamente abre *Viracocha recuperado*.

En la página veintiséis de *Viracocha recuperado*, Alphons van Hemel sostiene que los quechuas veneraban a Viracocha, el Anciano Hombre de los Cielos, a quien consideraban el dios creador de la Tierra, los animales y los seres humanos. Los quechuas, dice Alphons van Hemel, también le rendían culto al Sol, aunque la suponían una divinidad remota, ajena a los asuntos humanos. Para los asuntos humanos, lee Gutiérrez en la página treinta de *Viracocha recuperado*, los quechuas recurrían a la Luna. La Luna era un dios masculino, frágil de salud, que enfermaba a menudo, y moría y resucitaba constantemente. Además del Sol y la Luna, se entera Gutiérrez, los quechuas adoraban a otras divinidades menores, frecuentemente convocadas por los brujos. Entre esas divinidades menores destacaban los Apus, los Aukis y los Achachilas. Las tres deidades vivían en suntuosos palacios, construidos sobre los picos de las montañas más altas. Los quechuas o quichuas, se acaba de enterar Gutiérrez, tenían un par de dioses principales, algunos dioses menores y un número impreciso de brujos. Gutiérrez se entera de todo esto, pero no encuentra un solo dato acerca de horóscopos. Cierra *Viracocha recuperado* y se pone de pie.

¿A quién consultarían sobre su destino?, se pregunta Gutiérrez mientras camina de una a otra punta del living. Si alguien viera a Gutiérrez en este momento lo confundiría con un científico deambulando detrás de esa fórmula que no logra enunciar. ¡A los brujos!, dice Gutiérrez en voz alta y de inmediato regresa a *Viracocha recuperado*. Gutiérrez cree haber encontrado la fórmula, pero el propio Alphons van Hemel le quita esa ilusión. En la página treinta y cinco de *Viracocha recuperado* Gutiérrez lee que los brujos sólo podían convocar a las deidades menores. La misión de los brujos era llamar a la puerta de los Apus, los Aukis y los Achachilas, pero no llamaban con el fin de conocer el destino de los hombres, llamaban para implorar una buena cosecha o el triunfo en la lucha contra el invasor. Gutiérrez ya no lo duda: los quechuas o quichuas carecían de astrólogos y, por consiguiente, de horóscopos. Un vacío que Gutiérrez se dispone a llenar. Vasta tarea, por qué negarlo.

Algo más calmo, Gutiérrez se detiene en la página ochenta y cuatro de *Viracocha recuperado*. Allí lee que los astrónomos quechuas se habían acercado a la verdadera duración del año solar. Alphons van Hemel asegura que mediante métodos que aún no se han logrado esclarecer, los astrónomos quechuas establecieron un año solar de 365,2420 días. Una diferencia insignificante con la verdadera duración del año solar que, como todo el mundo sabe, dura 365,2422 días. A Gutiérrez, sin embargo, no le parece verosímil tal exactitud; precisamente por eso, por su exactitud. Es hora de volver a la razón. Gutiérrez cierra *Viracocha recuperado* y abre *Civilizaciones precolombinas*. En el capítulo «El calendario oculto», Pierre Duchiez señala que los quechuas medían el tiempo según las fases de la Luna, por lo que contaban con un año de trescientos sesenta días, dividido en doce lunas de treinta días cada una. Gutiérrez prefiere esta opción.

El primer paso será convertir al viejo calendario quechua o quichua en un calendario gregoriano. Gutiérrez sabe que a nadie ofende con esa metamorfosis: las actuales comunidades quechuas o quichuas miden el tiempo basándose en el calendario gregoriano. Gutiérrez respetará las doce lunas. Algunas serán de treinta días, otras de treinta y uno, y sólo una será de veintiocho. Cada cuatro años, Gutiérrez le sumará un día a esa luna de veintiocho. Gutiérrez tendrá que darle un nombre a cada luna. Doce lunas, doce nombres. ¿Pero qué nombres? El de los planetas, las estrellas y las constelaciones ya están usados por el horóscopo tradicional. En ciertas cosas, Gutiérrez es pragmático: si el cielo falla, hay que recurrir a la tierra.

Gutiérrez recuerda que el horóscopo chino se nutre con animales de la tierra. El horóscopo quechua o quichua, acaba de decidirlo, se nutrirá con frutos de la tierra, con los frutos que cosechaban los quechuas o quichuas. Cada luna tendrá el nombre de uno de esos frutos. ¿Cuáles eran esos frutos? Para alimentarse (en esto coinciden Pierre Duchiez y Alphons van Hemel) los quechuas o quichuas recurrían al maíz, al tomate y al chayote, a la papa y a la mandioca, a la palta y a la papaya, a la batata, a la chirimoya y al zapallo. Para darse ánimo, los quechuas o quichuas cultivaban la coca. Luna del Maíz, entonces, y Luna de la Papa y Luna de la Mandioca. Gutiérrez suma los frutos de la tierra, tanto los de alimentación como el del ánimo, y llega a once. Esta cifra no lo desanima. Otra vez recurre al horóscopo chino. Como bien se sabe, el horóscopo chino cuenta con once animales de verdad, desde el conejo hasta el tigre, y con un solo animal mitológico: el dragón. Gutiérrez decide establecer esa norma en el horóscopo quechua o quichua. Tendrá once frutos de verdad, desde la batata hasta el zapallo, y un solo fruto mitológico: el Utsu Laika.

Este fruto mitológico es un puro invento de Gutiérrez. Utsu Laika es una voz quechua o quichua que en español puede leerse como «ají hechicero». Gutiérrez ha decidido que el Utsu Laika tenga el don de provocar el rayo y el granizo. Gutiérrez también decide que el Utsu Laika sea una deidad ambivalente. Con idéntica energía, el Utsu Laika demuele o protege cosechas; todo depende del color que presente en el instante en que aparece. Ni los brujos más sabios, ha decidido Gutiérrez, son capaces de prever ese instante. El Utsu Laika tiene mucha similitud con el Ccoa, también conocido como «El Gato de los Espíritus», una típica criatura de la mitología quechua. Por lo que el Utsu Laika no sería un puro invento de Gutiérrez. Gutiérrez confía en que los lectores de su horóscopo no reparen en este detalle. Tal vez lo adviertan los correctores, y tal vez lo corrijan; pero ése ya es un exclusivo asunto de los correctores.

Gutiérrez cuenta ahora con los elementos esenciales para componer el horóscopo quechua. Gutiérrez guarda *Civilizaciones Precolombinas* y guarda *Viracocha recuperado* (libros que le han sido de tanta utilidad) y archiva lo que ha escrito en la carpeta «Borradores» de su procesador de textos. Gutiérrez cierra el programa, pero no apaga la computadora. En este momento Gutiérrez está a punto de entrar en Internet. Se propone buscar en la Red nuevos elementos acerca de los quechuas o quichuas. Gutiérrez busca en Yahoo y en Altavista. Bajo quechua hay cinco mil seiscientos once sitios. Gutiérrez tiene para elegir desde un curso de quechua, brindado por la Academia de quechua Yachay Wasi, hasta fotos, canciones, poemas y chistes andinos. A Gutiérrez lo abruma tanto material. Decide que para su horóscopo basta con lo que tiene acumulado y abandona el buscador, pero no abandona Internet.

Simulando una indiferencia innecesaria, porque nadie lo mira, Gutiérrez decide ponerse el traje de Conan. Es una decisión sorpresiva. O tal vez no. Tal vez Gutiérrez pensaba vestir el traje de Conan desde el mismo momento en que ingresó en Internet. El haber ido a Yahoo para buscar información acerca de los quechuas o quichuas quizá fue sólo una mera excusa para luego ingresar en el programa de chateo. Eso únicamente lo sabe Gutiérrez. Lo cierto es que en este momento, Conan, el Cimmeriano, anuncia su arribo al salón de chateo. Allí encuentra a Beto, a Jordi y a Paloma. Conan se conecta con Beto, con Jordi y con Paloma. Durante un largo rato se refieren a temas de poca importancia. Sin embargo, ante cada palabra que escribe y ante cada palabra que lee, Conan imagina que en cualquier momento entrará Dolores. Son vanas esperanzas. Conan permanece cerca de media hora conectado con Beto, con Jordi y con Paloma. A lo largo de ese tiempo no se registra la menor noticia de Dolores. Conan no pregunta por Dolores, no es una pregunta digna del Héroe de Cimmeria. Beto, Jordi y Paloma no mencionan una sola vez a Dolores. Conan entiende que fue inútil su ingreso en Internet, por lo que se retira del salón y vuelve a ser Gutiérrez.

Aunque Gutiérrez lo disimule, se advierte cierta desazón en sus gestos. Tal vez sea un buen momento para que Gutiérrez realice una caminata. Podría ser una caminata sanitario-deportiva, una vuelta completa a la manzana que ayude a la salud de Gutiérrez y que ordene un poco sus cosas. La ausencia de Dolores le preocupa. Gutiérrez mira el reloj, es tarde. Gutiérrez vive en un barrio solitario, con calles solitarias. Por esas calles anda muy poca gente de día y nadie de noche. Gutiérrez decide que no es conveniente salir a esta hora. No porque les tema a los fantasmas o a los malos espíritus. Gutiérrez, como todo artista que se precie, es capaz de crear criaturas mitológicas para su horóscopo, criaturas monstruosas para sus novelas de terror y criaturas interestelares para sus novelas de ciencia ficción. Gutiérrez crea esas criaturas, pero de ninguna manera cree en esas criaturas. Gutiérrez no le teme a los personajes mitológicos, monstruosos o interestelares. Pero por las calles solitarias pueden aparecer personajes de verdad. Gutiérrez decide quedarse en su casa. Acaba de servirse un buen vaso de leche y a paso lento se dirige hacia la ventana que da a la pared medianera. Mientras saborea la leche, Gutiérrez fija su vista en la pared medianera. Por un instante piensa nuevamente en Dolores. Gutiérrez piensa que no tiene por qué desanimarse, tal vez mañana encuentre a Dolores en la Red. Gutiérrez decide volver a la computadora para dedicarse otra vez al horóscopo quechua o quichua. Gutiérrez ha logrado la calma y se dispone a seguir trabajando; es notable cómo ayudan un vaso de leche y una pared.

XV

Decididamente, quechua. Gutiérrez destierra quichua y opta por quechua. No fue una decisión fácil. Gutiérrez vivió con la incertidumbre de quechua o quichua a lo largo de cinco días. Quichua goza de los mismos derechos que quechua. Pero quechua se ha generalizado, es una simple razón de uso. Quechua ganó una popularidad que le negaron a quichua. Gutiérrez piensa que las mayorías no siempre tienen la razón. Elegir quichua era, a todas luces, una actitud disidente, significaba estar en contra de las mayorías. Seguramente Requejo hubiese elegido quichua. Gutiérrez no quiere que lo tilden de revoltoso. Después de cinco días de incertidumbre, Gutiérrez elige quechua.

El libro se llamará *Horóscopo quechua*. La acepción quichua está definitivamente desterrada del volumen, como si nunca hubiera existido. En cierto tipo de libros —horóscopos, autoayuda, quiromancia, etcétera— los correctores suelen agregar un subtítulo. Gutiérrez anota tres subtítulos posibles: «La verdad definitiva», «El altiplano marca tu destino» y «Un modo milenario de descubrir el futuro». El que más le gusta a Gutiérrez es «Un modo milenario de descubrir el futuro». Gutiérrez imagina la tapa del libro. Como fondo, un dibujo del sol o de la luna; incluso podría ir el dibujo de alguna divinidad menor: un Apus o un Aukis. Sobre ese fondo, en letras destacadas, *Horóscopo quechua*, y debajo, en letras más pequeñas, «Un modo milenario de descubrir el futuro». Gutiérrez imagina la tapa, aunque no vale la pena perder el tiempo en imaginaciones. El libro seguramente saldrá con otra ilustración y con otro título. Y con otro texto, le dice Requejo a Gutiérrez, cuando por casualidad se encuentran en la calle o en alguna librería o en una tienda cualquiera. Gutiérrez prefiere no discutir ese tema con Requejo. Así son las reglas. Gutiérrez lo supo desde el mismo momento en que comenzó a trabajar para la editorial.

Ahora Gutiérrez se dispone a escribir. Está sentado frente a su mesa y un foco de luz ilumina la carpeta de hojas cuadriculadas que utiliza para sus apuntes. Esa carpeta es algo así como el borrador de los borradores. Un depósito de palabras que no sirven para nada, o que sirven de muy poco. Sin embargo, mientras Gutiérrez las anota, esas palabras resultan de notable valor. Esas palabras pueden ser esenciales en los momentos de pura creación. En momentos como éste, sin ir más lejos. Gutiérrez en este momento revisa sus apuntes, la luz cae sobre las palabras escritas en las hojas cuadriculadas y el silencio es total.

A Gutiérrez no le gusta trabajar con música. Cuando escribe, prefiere el absoluto silencio; y cuando no escribe, también. En la casa de Gutiérrez no hay un solo equipo de música, ni un solo CD de música ni nada que tenga que ver con la música. Acerca de eso discuten Gutiérrez y Requejo cuando por casualidad se encuentran en la calle o en alguna librería o en una tienda cualquiera. «Donde hay música no puede haber cosa mala», Sancho Panza se lo dijo a la Duquesa en la segunda parte del Quijote, dice Requejo, pero a Gutiérrez no se le mueve un pelo. «El hombre que no tiene música en sí ni se emociona con la armonía de los dulces sonidos es apto para las traiciones, las estratagemas y las malignidades», Lorenzo se lo dice a Jessica en el quinto acto de *El mercader de Venecia*, dice Requejo, pero Gutiérrez continúa indiferente. Son tus autores, insiste Requejo, pero tampoco así logra convencer a Gutiérrez.

Gutiérrez no renuncia a la música por mero capricho o por una simple cuestión de gustos. Gutiérrez renuncia a la música con argumentos sensatos. Gutiérrez no puede entender que con apenas siete notas, combinadas de una u otra forma, se logren sonidos que alegren o emocionen (según el caso) al oyente. Algo parecido a lo que sucede con la escritura, dice Requejo. No es lo mismo, dice Gutiérrez. Es lo mismo, explica Requejo, con siete notas combinadas podés componer desde una cantata hasta un concierto; y con veintisiete letras combinadas podés componer desde un soneto hasta una novela. ¿Te das cuenta que es lo mismo?, pregunta Requejo. No es lo mismo, dice Gutiérrez. Es lo mismo, repite Requejo: la combinación de letras forma la palabra y la combinación de palabras forma el texto. No es lo mismo, responde Gutiérrez, la literatura se traduce, la música no. Pero se arregla, dice Requejo, la música se arregla. Visto así, los correctores serían los arregladores de los textos que compone Gutiérrez. Esta idea, en el fondo, seduce a Gutiérrez: arreglar resulta menos violento que corregir.

Ahora Gutiérrez ni arregla ni corrige; simplemente, escribe. Gutiérrez prepara las predicciones astrológicas para el próximo año. Gutiérrez está determinando el destino de sus anónimos lectores. Hasta este momento, Gutiérrez determinó el destino de los anónimos lectores nacidos bajo cinco diferentes lunas: la del Maíz, la de la Mandioca, la de la Chirimoya, la de la Batata y la del Zapallo. Gutiérrez tiene casi la mitad del libro compuesto. Sólo le queda un día para completar las lunas que restan. Es tiempo de que se ocupe de la Luna del Utsu Laika, el único fruto mitológico del horóscopo quechua que Gutiérrez está creando.

Los que pertenezcan a la Luna del Utsu Laika, recomienda Gutiérrez, deben materializar sus sueños más osados y deberán dejarse conducir por el espíritu intuitivo que caracteriza a los nativos de esta Luna. Es conveniente, aconseja Gutiérrez, que escuchen el latido de sus corazones y que observen el vuelo de los pájaros en el cielo. Con precisión pero sin arrebato, palabra a palabra, Gutiérrez traza el destino de los lectores nacidos bajo la Luna del Utsu Laika. Luego trazará el destino de los lectores nacidos bajo la Luna de la Papa, después el destino de los lectores nacidos bajo la Luna de la Coca y así hasta llegar a la Luna del Chayote, que es la última de todas. Gutiérrez íntimamente se sabe un creador, ¿qué otra cosa se puede decir de alguien capaz de marcar el destino de los otros? Pero todo creador se cansa, el propio Jehová descansó el séptimo día. Gutiérrez decide hacer un alto en el camino, guarda lo que ha escrito en el disco rígido de la computadora y se pone de pie, con el saludable propósito de estirar las piernas.

Gutiérrez camina de una a otra punta del living. Si alguien mirase en este momento a Gutiérrez, si alguien se detuviera en el gesto pensativo de Gutiérrez, creería que Gutiérrez está en pleno proceso de creación. Si alguien mirase en este momento a Gutiérrez y creyera que Gutiérrez está en pleno proceso de creación, se equivocaría de cabo a rabo. Gutiérrez camina de una a otra punta del living con gesto pensativo, pero camina sin pensar en nada. Esto tampoco es cierto: es imposible no pensar en nada. Gutiérrez está pensando en Dolores. ¿Por qué Gutiérrez piensa en Dolores en mitad de la escritura del horóscopo quechua? Es una pregunta que debe contestar Gutiérrez.

En lugar de contestarla, Gutiérrez regresa a la computadora, se sienta y mira la pantalla. Todo indica que continuará con la escritura de su horóscopo quechua. Sin embargo, no es así. Gutiérrez ha decidido ponerse el traje de Conan. Es mediodía y no es el mejor momento para que el Héroe de Cimmeria navegue por el ciberespacio. A esta hora no encontrará ni a Jordi ni a Beto ni a Paloma y, sobre todo, no encontrará a Dolores. El bárbaro guerrero de la Edad Hiboria igual ingresa en el programa de chateo. Entra con la esperanza de encontrar a Jordi, a Beto y a Paloma y, sobre todo, de encontrar a Dolores. En el ángulo derecho de la pantalla aparecen los nombres de quienes están chateando. No están ni Jordi ni Beto ni Paloma y, sobre todo, no está Dolores. Los milagros sólo se producen en la literatura. Conan se retira de Internet y vuelve a ser Gutiérrez. Gutiérrez otra vez camina de una a otra punta del living.

Si alguien mirase en este momento a Gutiérrez creería que Gutiérrez se encuentra en pleno proceso de creación. Sin embargo, no es así. Gutiérrez en este momento no está en pleno proceso de creación. Gutiérrez en este momento sufre esa crisis que con frecuencia aqueja a los creadores. Gutiérrez no sabe cómo seguir con su horóscopo quechua. Aún le faltan cinco lunas y sólo le queda este domingo, la tarde y noche de este domingo. No es mucho, pero es mejor que nada. Gutiérrez detiene su marcha y, decidido, se dirige hacia la computadora. Se ubica frente a la pantalla, abre la carpeta horóscopo quechua y comienza a trabajar con la Luna del Tomate. Gutiérrez escribe: Los nativos de la Luna del Tomate son individuos introvertidos, con acentuada timidez y temerosos del futuro. Gutiérrez lee lo que ha escrito y de inmediato corrige: en lugar de temerosos del futuro pone temerosos de lo que vendrá. El proceso de creación se ha puesto nuevamente en marcha, los temores son cosa del pasado.

Son casi las doce de la noche. Gutiérrez le pone el punto final a su horóscopo quechua. Sólo se apartó de la computadora para beber un vaso de leche y comer cuatro galletitas de salvado. Ahora Gutiérrez siente ese angustiante vacío que todo creador experimenta frente a una obra concluida. En realidad, el vacío de Gutiérrez no está motivado por la obra concluida. Dolores, la ausencia de Dolores, es la causa de este vacío que ahora siente Gutiérrez. Rara vez Gutiérrez sufre este tipo de vacío. La pastilla nocturna es el mejor antídoto. Gutiérrez pone en su lengua la pastilla nocturna, deja que la milagrosa gragea se deslice suavemente hacia su garganta, se acuesta en la cama y apaga la luz. Santo remedio, en pocos minutos Gutiérrez se queda dormido. Gutiérrez no sueña o, al menos, nunca recuerda lo que sueña. Por lo que resulta imposible hablar de los sueños de Gutiérrez.

Ahora es lunes y todo ha vuelto a la normalidad. Gutiérrez busca sus anteojos, se levanta de la cama, toma la pastilla diurna y se dirige hacia el cuarto de baño. La ducha es corta y el desayuno es casi tan corto como la ducha. Gutiérrez tira a la basura los restos de galleta que quedaron en el plato; después lava el plato y la taza. Gutiérrez saca el disquete de la computadora. Apaga la única luz que estaba encendida, sale de su departamento y cierra la puerta con doble vuelta de llave. Gutiérrez siente que la vecina del 2° C lo observa por la mirilla. Gutiérrez reprime ese gesto obsceno que bien se merece la vecina del 2° C, prescinde del ascensor y se dirige hacia la escalera. Después de una jornada de trabajo sedentario, es aconsejable algo de gimnasia. Gutiérrez ya está en la calle y casi no se cruza con nadie a lo largo de las nueve cuadras que camina hasta la parada del ómnibus. El viaje en ómnibus no tiene nada digno de ser consignado. Durante el viaje Gutiérrez piensa en Dolores, pero sólo son ramalazos; evocaciones sin importancia.

La jornada parece propicia para Gutiérrez. Marabini lo recibe con una amplia sonrisa y con un gesto amable lo invita a sentarse. Gutiérrez se sienta. Me han elogiado la primera parte de su horóscopo inca, dice Marabini. Quechua, corrige Gutiérrez, horóscopo quechua. Bueno, lo que sea, dice Marabini, quechua o inca, me lo han elogiado. Gutiérrez está a punto de preguntar quién lo elogió, pero no pregunta nada, sólo hace una pequeña inclinación de agradecimiento. Espero que suceda lo mismo con esta segunda parte, dice Marabini. No lo dude, contesta Gutiérrez, le entrega el disquete a Marabini y gira levemente la mirada hacia donde están las fotos de los escritores de verdad. Gutiérrez está convencido de que su foto muy pronto se exhibirá en esa pared. Permítame que lo dude, dice Marabini. Gutiérrez se sobresalta. ¿Que dude qué?, pregunta Gutiérrez, sobresaltado. Que dude que la segunda parte sea tan buena como la primera, dice Marabini, usted suele pincharse en las segundas partes. No va a ser en este caso, dice Gutiérrez, tranquilo. Esperemos que no lo sea, dice Marabini. Aquí se produce un silencio. Gutiérrez no se atreve a romper ese silencio. Es Marabini quien lo rompe. Dígame, Gutiérrez, pregunta Marabini, ¿usted es casado? A Gutiérrez le sorprende la pregunta, pero no vacila en contestar. No, dice Gutiérrez, no soy casado. ¿Tiene hijos?, pregunta Marabini. No, dice Gutiérrez, no soy casado. Eso qué tiene que ver, Gutiérrez, dice Marabini, se puede ser padre sin ser esposo. No, Marabini, no soy padre de nadie, dice Gutiérrez, al menos que yo sepa. Gutiérrez, ¿usted es homosexual?, pregunta Marabini. ¡Por Dios, Marabini!, dice Gutiérrez, me gustan las mujeres, como a cualquier hombre normal. ¿Acaso los homosexuales no son normales?, pregunta Marabini. Gutiérrez comprende que acaba de cometer un gran error: tal vez Marabini sea homosexual. No digo eso, dice Gutiérrez. Dígalo, Gutiérrez, dígalo sin problemas, autoriza Marabini, esos tipos no son normales, no pueden ser normales. Para nada, afirma Gutiérrez. Se produce otro silencio. ¿Está pensando en un libro acerca de los homosexuales?, pregunta Gutiérrez. Sí y no, dice Marabini, estamos pensando en un volumen de autoayuda para hombres solos, nos da lo mismo que sean homo o heterosexuales; lo esencial es que vivan solos. Interesante, dice Gutiérrez. ¿Se ha dado cuenta, Gutiérrez, que día a día crece más y más el número de gente que vive sola?, dice Marabini. Me he dado cuenta, admite Gutiérrez. No podemos ignorar a ese formidable número de potenciales lectores, dice Marabini. No podemos ignorarlos, admite Gutiérrez. Usted mismo, dice Marabini, usted mismo vive solo, ¿verdad, Gutiérrez? Vivo solo, confirma Gutiérrez. Por eso pensamos en usted, dice Marabini, usted es la persona indicada para redactar *Por fin solo*. ¿Por fin solo?, pregunta Gutiérrez. Así se llamará el libro, dice Marabini. Tendrá que hablar de las ventajas que se obtienen por vivir solo, Gutiérrez, en ciento veinte páginas, sin ilustraciones. Muchas, dice Gutiérrez. Son las habituales en un volumen de esta colección, dice Marabini. Digo que son muchas las ventajas que se obtienen por vivir solo, dice Gutiérrez. Es tarea suya volcarlas en ese libro, dice Marabini. ¿Tendré algún material?, pregunta Gutiérrez. Marabini le acerca un sobre, no demasiado abultado. Aquí hay algunas cosas que pueden servirle, dice Marabini. Gracias, dice Gutiérrez. Aunque yo creo que con su propia experiencia alcanza, completa Marabini. Con mi experiencia alcanza, confirma Gutiérrez. Marabini asiente con un movimiento de cabeza y se pone de pie. Gutiérrez entiende que la entrevista ha terminado y también se pone de pie. Marabini y Gutiérrez se estrechan la mano. Hasta el lunes, dice Gutiérrez. No es necesario que venga el próximo lunes, dice Marabini. Gutiérrez no entiende. Tráigame el libro listo dentro de quince días, dice Marabini. Gutiérrez entiende. Se lo traeré, dice Gutiérrez y se dirige hacia la puerta. Está a punto de abrir la puerta cuando oye la voz de Marabini. Gutiérrez, dice Marabini, se me ocurre que ese libro va a ser una pintura de su vida. ¿Me equivoco?, pregunta Marabini. No se equivoca, responde Gutiérrez, sin mirar a Marabini. Gutiérrez miente y no quiere que Marabini descubra su mentira.

XVI

Gutiérrez camina desorientado. Nunca antes Marabini le había dicho a Gutiérrez: «Gutiérrez, tráigame el libro listo dentro de quince días». Hasta hoy a la mañana, todos los libros que Gutiérrez había escrito —ficción, en cualesquiera de sus distintas formas, volúmenes de autoayuda, biografías, tratados científicos, etc.— los había entregado en dos etapas: un lunes la primera; el próximo lunes, la segunda. Esta modalidad de entrega no rige exclusivamente para Gutiérrez: es común a todos los escritores fantasmas de la editorial. Para algunos escritores fantasmas el día de entrega es el martes, para otros el miércoles, para otros el viernes. A Gutiérrez le corresponde entregar los lunes, todos los lunes, sin excepciones. Gutiérrez nunca se preguntó por qué le correspondía los lunes y no, por ejemplo, los miércoles o los jueves. Tal vez los días se establecieron por sorteo o tal vez se trata de un mero capricho de Marabini. Gutiérrez no tiene respuesta para esa pregunta. Por otra parte, Gutiérrez nunca se había formulado esa pregunta. Tampoco ahora se la formula. Hay ciertas cosas que Gutiérrez las acepta tal cual son. Otras cosas, en cambio, las acepta porque pertenecen al puro orden de la lógica. Entregar los originales en dos etapas, por ejemplo, pertenece al puro orden de la lógica. Se entrega de ese modo por un propósito definido: controlar la marcha del libro. ¿Pero controlarla para qué?, se acaba de preguntar Gutiérrez. Salvo aquella ingrata experiencia, cuando Marabini le devolvió los originales de *Tiros en soledad*, «¿Qué me hace Gutiérrez?», le dijo aquella vez Marabini y Gutiérrez aquella vez notó cierto desencanto en las palabras de Marabini. Salvo aquella ingrata experiencia, que nunca más se repitió, los libros escritos por Gutiérrez siempre fueron aceptados tal como Gutiérrez los había escrito. Jamás le devolvieron un original para que le hiciera la mínima corrección. Los correctores se ocupaban de hacer esas correcciones. Entonces, ¿por qué motivo Gutiérrez tiene que entregar los originales en dos etapas, un lunes la primera parte, el lunes siguiente la segunda y última? Es una norma de la editorial. Gutiérrez ha sido contratado para escribir libros, no para cuestionar normas.

Sin embargo, Marabini acaba de romper la inflexible norma de entregar cada semana. Gutiérrez no tiene la menor idea de por qué Marabini rompió esa inflexible norma. Gutiérrez sólo sabe que el **próximo lunes** no vendrá a la editorial y esto es lo que **de verdad lo desorienta**. Precisamente, el próximo lunes le correspondía dar una vuelta completa a la manzana de la editorial. Igual podría darla. No hay nada ni nadie que se lo impida. ¿Pero que pasaría si de pronto en mitad de la vuelta Gutiérrez se cruzara con Marabini? Algo lógicamente posible. Marabini no *vive* en la editorial. Para llegar hasta allí Marabini tiene que salir a la calle. Es lógicamente posible que Marabini se cruce con Gutiérrez. Qué explicación le podría dar Gutiérrez a Marabini si Marabini le preguntase a Gutiérrez: «¿Qué está haciendo por acá, Gutiérrez?». Ninguna explicación. Gutiérrez no puede decirle a Marabini: «Estoy buscando la cueva en que, se dice, trabajan los correctores».

Gutiérrez se ha detenido en la esquina, desorientado. Si tomara la calle de la derecha iría directamente hacia la parada del ómnibus, que es lo que le corresponde hacer. Si tomara la calle de la izquierda comenzaría a ejecutar la vuelta a la manzana, que es lo que le correspondería hacer el próximo lunes. Gutiérrez duda. Ante la duda, abstente, aconseja la sabiduría popular. Pero Gutiérrez no se abstiene. Marabini ha quebrado las reglas, por lo que bien puede quebrarlas Gutiérrez. Gutiérrez elige la calle de la izquierda y se larga a caminar, confundido entre la gente que también camina por esta calle este lunes al mediodía. Gutiérrez mira impasible hacia uno y otro lado. Nadie, absolutamente nadie, puede imaginar que Gutiérrez en este momento busca la cueva en la que, se dice, trabajan los correctores.

Gutiérrez llega hasta la otra esquina. A lo largo de ese trayecto, pudo ver a cuatro jóvenes, tres muchachos y una chica, sentados en el umbral de una puerta. Los cuatro jóvenes estaban en silencio, cada cual sumido en su propio pensamiento. Gutiérrez miró a los cuatros jóvenes de reojo, fue una mirada fugaz, pero bastó para advertir que cada joven tenía una botella de cerveza en la mano. Los jóvenes no miraron a Gutiérrez. Sin embargo, no bien los dejó atrás, Gutiérrez sintió la mirada de los jóvenes en su espalda. Gutiérrez estuvo a punto de girar la cabeza, pero no lo hizo. ¿Quién le aseguraba que esos jóvenes no fuesen correctores? Se dice que los correctores son rengos, que ser rengo es una condición esencial para ser corrector. Gutiérrez, pese a lo fugaz de su mirada, observó que esos jóvenes, salvo el desaliño, no parecían sufrir ningún defecto. Sin embargo, Gutiérrez no desechó la posibilidad de que esos jóvenes fuesen correctores. La renguera de los correctores había nacido de un rumor que, como suele suceder con los rumores, se extendió rápidamente. El rumor decía que los correctores eran rengos. Con el tiempo ese rumor, como suele suceder con los rumores, acabó convirtiéndose en un dato real. Los datos reales no siempre son ciertos. Por lo que esos jóvenes desaliñados bien podrían ser correctores. O quizá no fueran correctores, pero bien podrían ser cancerberos de la cueva de los correctores. Gutiérrez pensó que estaban allí, cerveza en mano, para evitar que cualquier intruso entrara en la cueva. Gutiérrez llegó a la esquina con esa idea. Ahora se dispone a caminar la nueva cuadra.

Gutiérrez se cruza con una pareja de ancianos que marcha a paso lento. El hombre parece ciego, al menos tiene la vista perdida en el vacío, como suelen tenerla los ciegos. Sin embargo, el hombre no lleva bastón blanco, como suelen llevar los ciegos. Por su parte, la mujer que lo acompaña no tiene ese aspecto de lazarillo, como suelen tener las mujeres que acompañan a los ciegos. El hombre que parece ciego y la mujer que lo acompaña quedan atrás. Ahora Gutiérrez se cruza con una madre que arrastra a duras penas a su hijo, un chico revoltoso que se mueve hacia uno y otro lado. Gutiérrez no puede discernir si el chico ríe o llora. En lo que resta de esa cuadra Gutiérrez no se cruza con ningún otro ser vivo, ni humano ni animal. Gutiérrez llega hasta la nueva esquina sin haber dado con la cueva en la que, se dice, trabajan los correctores.

Gutiérrez debería estar desalentado, pero realmente no lo está. Sin desaliento, pero convencido de que no va a encontrar la cueva, Gutiérrez llega hasta la última esquina. Un nuevo fracaso, aunque tal vez no lo anote como fracaso. Este lunes no le correspondía realizar la búsqueda de la cueva en que, se dice, trabajan los correctores. Gutiérrez no lo anota como fracaso. Gutiérrez cruza la calle y se dirige hacia la parada del ómnibus. Todo vuelve a la normalidad.

El viaje se realiza por las mismas calles, en la misma ciudad y con la misma gente. Gente que tiene su propia historia y a la que poco le interesa la del otro. Este pensamiento es de Requejo. A Gutiérrez le sorprende que justo ahora, en mitad del viaje en ómnibus, le venga a la cabeza este pensamiento de Requejo. No hay por qué alarmarse. Gutiérrez está a punto de comenzar a escribir el libro que le encargó Marabini. Se trata de un volumen dedicado especialmente a los hombres solos, un libro de autoayuda para los hombres solos. Requejo es un hombre solo. Es natural, entonces, que Gutiérrez piense en Requejo, justo ahora que está por escribir un libro dedicado a los hombres solos. ¿Pero Requejo es realmente un hombre solo? Las veces que por casualidad Gutiérrez y Requejo se encuentran en la calle o en alguna librería o en una tienda cualquiera, Requejo está solo. Gutiérrez jamás vio a Requejo en compañía de nadie. ¿Esto significa que Requejo es un hombre solo? De ninguna manera. Requejo jamás ha visto a Gutiérrez en compañía de nadie, esto, sin embargo, no significa que Gutiérrez sea un hombre solo. Hay que tener en cuenta que las apariencias engañan. Tal vez Requejo sea un hombre casado, posiblemente Requejo es padre de tres chicos, dos varoncitos y una nena. Gutiérrez imagina que encuentra a Requejo con su mujer y sus hijos en un parque de diversiones. Es un Requejo diferente. Un Requejo alegre y despreocupado. Un Requejo feliz, en una palabra. Esto puede suceder en la imaginación de Gutiérrez, pero no en la realidad. Gutiérrez jamás va a los parques de diversiones.

Ahora Gutiérrez entra a su departamento. Enciende la luz y verifica si hay algún mensaje en el contestador automático. No hay ningún mensaje en el contestador automático. Todo está tal como Gutiérrez lo dejó antes de salir. Es como si el tiempo no hubiera pasado en el interior del departamento de Gutiérrez. Sin embargo, el tiempo ha pasado. Están secos el vaso de leche y el plato que Gutiérrez había dejado húmedos en el secaplatos. Sobre la mesa de trabajo de Gutiérrez se ha depositado un polvillo nuevo que no estaba cuando Gutiérrez dejó el departamento. Gutiérrez sopla el polvillo, moja el vaso de leche y moja el plato. Gutiérrez otra vez coloca el vaso de leche y el plato en el secaplatos. Todo está como antes. Sin embargo, el tiempo ha pasado.

El tiempo no tiene por qué preocuparle a Gutiérrez. Marabini le ha encargado un libro de autoayuda para hombres solos, no un libro acerca del tiempo. Gutiérrez abre el sobre que le dio Marabini. Encuentra fotocopias de artículos dedicados a los hombres solos, también encuentra un par de estadísticas y los resultados de una encuesta realizada diez años antes. Poco o nada. Gutiérrez se sirve un vaso de leche y con el vaso en la mano se dirige hacia la ventana. Mira largo rato la pared medianera, después bebe un trago de leche. «Este libro va a ser una pintura de su vida», le ha dicho Marabini. Gutiérrez no tiene ganas de pintar su vida.

Ahora Gutiérrez se ubica frente a la computadora, pero no la enciende. Abre la carpeta de hojas cuadriculadas y se dispone a realizar las anotaciones previas. Solitario, anota Gutiérrez. ¿Qué se entiende por solitario?, se pregunta Gutiérrez, pero en lugar de anotar esa pregunta anota ciertas conclusiones en torno a esa pregunta. En principio —anota Gutiérrez—, alguien puede vivir solo y no necesariamente ser un solitario. Hay muchísimos solitarios que viven acompañados y no por eso pierden su condición de solitarios. Gutiérrez subraya condición de solitarios, y de inmediato anota: del mismo modo que hay muchísimos hombres que viven solos y, sin embargo, no pueden considerarse solitarios. Gutiérrez se siente encuadrado dentro de este último parámetro. Gutiérrez vive solo. Esta circunstancia, sin embargo, no le impide tener amigos. Gutiérrez tiene al menos un amigo. Aunque únicamente lo encuentre por casualidad en la calle o en alguna librería o en una tienda cualquiera, Gutiérrez considera que Requejo es su amigo. Gutiérrez a menudo recuerda su relación con Ivana. Gutiérrez suele evocar los buenos y los malos momentos vividos con Ivana. A quien vive con sus recuerdos no se lo puede considerar un solitario. En el último cajón de su escritorio, Gutiérrez guarda *The woman from 42nd St.* Cada vez que Gutiérrez necesita un momento de placer (algo natural en cualquier hombre), Gutiérrez carga el CD-Rom en su computadora. En la pantalla aparece la irresistible Margaret, con el ameno propósito de brindarle un momento de placer. No se puede considerar un solitario a quien sabe vivir sus momentos de placer. Gutiérrez bajo el nombre de Conan El Magnífico, chatea por Internet. Con el nombre Conan El Conquistador se ha hecho de ciberamigos incondicionales: Jordi, el Beto, Killer, Paloma y Dolores. Incluso hay un probable romance entre Conan El Guerrero y Dolores. ¿Puede considerarse un solitario a quien tiene un amigo en el espacio real y varios amigos en el ciberespacio? ¿Puede considerarse un solitario a quien tiene los recuerdos de una mujer en su cabeza y tiene las formas inalterables de otra mujer en su CD-Rom? Marabini le encargó a Gutiérrez un manual de autoayuda para hombres solos. Marabini le dijo a Gutiérrez que ese libro iba a ser una pintura del propio Gutiérrez. Gutiérrez cuenta con una casa confortable y con un trabajo seguro. ¿Qué más se puede pedir? Decididamente, Gutiérrez no es un solitario.

Pero Gutiérrez debe escribir un manual de autoayuda para hombres solitarios. El manual se llamará *Por fin solo,* aunque de ningún modo será un retrato de Gutiérrez. Marabini bien puede pensar que el libro que le encargó a Gutiérrez será un vivo retrato de Gutiérrez. Gutiérrez no tiene por qué contradecir los pensamientos de Marabini. Gutiérrez es lo suficientemente profesional como para hacerle creer a Marabini que *Por fin solo,* el manual de autoayuda que se dispone a escribir por encargo de Marabini, es un vivo retrato de Gutiérrez. Gutiérrez cierra su carpeta de apuntes y enciende la computadora, va al programa de escritura y escribe: El buey solo bien se lame. No es mala idea iniciar el libro con esta sentencia de color. Gutiérrez tiene quince días para escribir *Por fin solo.* La maquinaria se ha puesto en marcha.

XVII

Jamás estará solo quien sabe estar consigo mismo, escribe Gutiérrez. Una magnífica frase, por qué negarlo, para cerrar *Por fin solo*. Tras dos semanas de trabajo, Gutiérrez está en condiciones de poner el punto final. Lo pone, y de inmediato acciona la opción «Contar Palabras» de su programa de escritura. En menos de un segundo los resultados aparecen en la pantalla: *Por fin solo* consta de 90 páginas, que contienen 26.740 palabras, compuestas por la suma de 162.570 caracteres, distribuidos en 150 párrafos, en un total de 2.800 líneas. Un libro perfecto, con las medidas adecuadas.

Es casi la medianoche del domingo y Gutiérrez no tiene por qué disimular su entusiasmo. Si fuese algo más expresivo hasta podría dar los clásicos saltitos de alegría. Pero Gutiérrez es tal como es, por lo que se limita a dar golpecitos de alegría. Gutiérrez utiliza el meñique, el anular, el mayor y el índice de su mano izquierda y el meñique, el anular, el mayor y el índice de su mano derecha para dar pequeños golpes de alegría sobre la mesa de la computadora. Una vez más Gutiérrez ha cumplido con los plazos pactados, mañana le entregará su nuevo libro a Marabini. Gutiérrez es un auténtico profesional, por qué negarlo.

Gutiérrez archiva *Por fin solo* pero no apaga la computadora. ¿Por qué Gutiérrez no apaga la computadora? Porque en este momento a Gutiérrez lo atormenta una duda. Por una parte, piensa que podría trabajar con su novela secreta. Por otra parte, piensa que podría navegar por Internet. Es medianoche y es una buena hora para encontrar a sus amigos del ciberespacio. Gutiérrez tiene ganas de trabajar con su novela secreta; sin embargo, entiende que bien se merece un momento de diversión. Entre el trabajo y la diversión gana la diversión. Aunque no es por diversión que Gutiérrez entra en Internet. Gutiérrez (o mejor: Conan, porque a partir de este instante Gutiérrez deja de ser Gutiérrez para comenzar a ser Conan) ingresa en Internet con la esperanza de encontrar a Dolores. El Héroe de Cimmeria no soporta la prolongada ausencia de esa mujer por la que, no hay razón para ocultarlo, siente especial simpatía. Conan llega al salón de chateo convencido de que por fin encontrará a Dolores. El resto va a ser sencillo: la invitará a hablar por el salón privado. En el salón privado le confiará sus sentimientos.

En el programa de chateo están Jordi y Beto. Conan no se desanima. ¡Conan ha llegado!, escribe y de inmediato agrega *:o* y *:-))*, los *smileys* que indican grito y carcajada. Sus amigos del ciberespacio no demoran las respuestas.

JORDI: ¡Qué bueno tenerte, tío!

BETO: Era hora, macho, ¿dónde te habías metido?

Cargado de trabajo, escribe Conan, pero Beto no le cree.

BETO: No te hagas el estrecho, confesá que anduviste de conquistas.

Conan no puede desilusionar a su amigo. Algo de eso también hubo, escribe y espera la respuesta. Es Jordi quien contesta.

JORDI: Conquistador, una niña preguntó por ti. Ayer y el jueves, creo.

BETO: También el martes. Se ve que tenía muchas ganas de encontrarte.

Conan lee lo que ha escrito Jordi y lo que ha escrito Beto.

Lo lee una y otra vez. Conan sabe que debe disimular su alegría. Pregunta quién era esa dama que lo andaba buscando, pero no agrega :):, el *smiley* que indica felicidad. Llega la respuesta de Beto.

BETO: ¿No te imaginás quién es?

Conan piensa en Dolores. En Dolores preguntando por Conan: ¿qué saben de Conan?, ¿dónde está Conan?, habrá preguntado Dolores. Aunque no haya anotado el *smiley* que indica felicidad, Conan se siente feliz. Ahora interviene Jordi.

JORDI: Tú la conoces bien.

Conan sonríe satisfecho. Escribe: No tengo idea de quién puede ser esa mujer. Está a punto de agregar *;-)*, que es el *smiley* que indica guiño cómplice, pero no lo agrega. Conan espera la respuesta de Beto y la respuesta de Jordi. Primero responde Beto.

BETO: Paloma.

Después responde Jordi.

JORDI: Paloma.

Es un orgullo que Paloma me busque, escribe Conan y, ahora sí, agrega *;-)*, que es el *smiley* que indica guiño cómplice. En realidad, tendría que haber anotado *:(*, que es el *smiley* que indica tristeza. Conan sabe que ciertas cosas no tienen por qué ganar dominio público. Piensa en Dolores, pero no puede expresar su pensamiento y menos aún su sentimiento. Ni Jordi ni Beto le han dicho una sola palabra acerca de Dolores, como si Dolores jamás hubiera existido. El ciberespacio carece de memoria.

En los siguientes quince minutos Jordi y Beto discuten acerca de un nuevo virus que ataca el BIOS de la placa madre. Conan aprueba o desaprueba, según el caso, aunque poco o nada le interese la existencia de ese nuevo virus. Beto es el primero en abandonar el chateo; de inmediato lo sigue Jordi. Conan queda solo. A lo largo de diez minutos espera inútilmente la llegada de Dolores. Tiene la vista fija en la pantalla y está pensando en vaya a saberse qué cosas. Por fin cierra el programa, apaga la computadora y otra vez vuelve a ser Gutiérrez.

El living ha quedado a oscuras. Gutiérrez va hasta la ventana. Corre la cortina y mira hacia la pared medianera. Está lloviendo y es noche cerrada. La pared medianera no se alcanza a ver. Gutiérrez la imagina. No hay mucho que imaginar. La pared medianera es simplemente una pared medianera de tono azul oscuro, con ciertos trozos descascarados; nada más. Gutiérrez imagina la pared medianera y piensa en Dolores. Gutiérrez piensa que Dolores, la que junto a Jordi, Beto, Killer y Paloma está en el ciberespacio, es menos real que la otra Dolores, la que está en Sevilla, junto al Santísimo Cristo del Desamparo y el Abandono. A la Dolores de Sevilla Gutiérrez la vio en Internet tal cual es, irresistible en el centro del altar. A la Dolores del ciberespacio Gutiérrez jamás la vio. Una continúa en la iglesia; la otra ya no está en el ciberespacio. Gutiérrez comprende que la ha perdido.

Gutiérrez recuerda que sólo se pierde lo que nunca se ha tenido. Gutiérrez siempre tuvo a Dolores en su pensamiento, y allí la seguirá teniendo. Tal vez algún día Dolores se convierta en un personaje, pero no en un personaje de cualquiera de las novelas que Gutiérrez escribe por encargo. Dolores, así como la piensa Gutiérrez, tendría que ser un personaje en la novela auténtica que Gutiérrez se propone escribir. Gutiérrez enciende la luz, busca la pastilla, la coloca en su lengua y la toma con un trago de agua. Gutiérrez tiene la boca seca. Se va a dormir pensando que mañana será otro día.

Hoy es otro día. Es lunes, son las once de la mañana y Gutiérrez entra en la editorial. En la calle quedan vestigios de la lluvia nocturna, pero en menos de una hora el sol se ocupará de borrarlos. Gutiérrez saluda al portero y sube a lo de Marabini. Gutiérrez da los dos golpes sobre la puerta y espera la orden de Marabini. Gutiérrez derrocha optimismo, no queda nada, ni un solo rastro de la noche anterior. Marabini también parece optimista. Siéntese, Gutiérrez, siéntese, dice Marabini. Gutiérrez deja sobre el escritorio de Marabini el disquete que guarda *Por fin solo*; después se sienta. Marabini recoge el disquete y lo mira largo rato, como si pudiera leer las 26.740 palabras que allí se almacenan. ¿Sin problemas?, pregunta Marabini. Sin problemas, está tal como usted me lo pidió, dice Gutiérrez. ¿No se me habrá ido por las ramas?, pregunta Marabini. Para nada, dice Gutiérrez. Usted a veces se va por las ramas, dice Marabini. No en este caso, asegura Gutiérrez. ¿Es un retrato suyo, Gutiérrez?, pregunta Marabini. Bueno, un retrato..., duda Gutiérrez, los escritores siempre recurrimos a nuestra propia experiencia. No me mienta, Gutiérrez, ¿me va a decir que usted alguna vez fue *cowboy*, detective privado, marciano, caballero medieval, espía soviético, corsario inglés, asesino serial, monje tibetano, ¿sigo con la lista, Gutiérrez? Por favor, Gutiérrez, no me mienta. Los escritores, dice Gutiérrez y señala la pared de donde cuelgan las fotos de los autores de la editorial, tenemos ese don. ¿Usted cree que mentir es un don, Gutiérrez?, se indigna Marabini. No hablo de mentir, explica Gutiérrez, me refiero a ese asombroso don que tenemos los escritores. ¿Qué don?, pregunta Marabini. Podemos crear miles de personajes, dice Gutiérrez. Los escritores, dice Marabini, no usted, Gutiérrez. También yo, piensa Gutiérrez, pero no lo dice. Gutiérrez aprueba con pequeños movimientos de cabeza lo que ha dicho Marabini. No se desanime, Gutiérrez, dice Marabini, estoy seguro de que hizo un buen trabajo, haya o no retratado su vida. No lo dude, dice Gutiérrez. Por otra parte, dice Marabini, ¿a quién le puede interesar su vida, Gutiérrez?

Es cierto lo que ha dicho Marabini: la vida de Gutiérrez carece de interés. ¿Pero qué sucede con la vida de Requejo y con la vida de Ivana, incluso con la vida de Marabini? ¿Son interesantes las vidas de Requejo, de Ivana o de Marabini? Todo depende de quién las cuente, piensa Gutiérrez, aunque a veces no pasa nada y no hay nada para contar. Nunca hay nada para contar, le dice Requejo a Gutiérrez cuando por casualidad se encuentran en la calle, en alguna librería o en una tienda cualquiera. Sólo queda una historia llena de sonido y furia, contada por un idiota. Esto tal vez sea lo único relevante que dijo tu famoso Cisne del Avon, dice Requejo. Gutiérrez prefiere no discutir. Gutiérrez se limita a contar historias, le pagan para que cuente historias, no para que sea el personaje de esas historias.

Marabini apoya sus manos sobre el escritorio. Este gesto indica que Marabini va a levantarse, que la entrevista está por llegar a su fin. Marabini se da impulso con las manos y se pone de pie. Gutiérrez también se para. Ahora Marabini tendría que encargarle un nuevo libro a Gutiérrez. No hay un solo papel encima del escritorio de Marabini. Gutiérrez no ve ningún sobre, tampoco ve carpeta alguna con fotocopias de notas y artículos periodísticos. Ese material suele ser muy importante cuando se trabaja con biografías, pequeños ensayos o volúmenes de autoayuda. Gutiérrez supone que el nuevo libro será de ficción, tal vez un policial o una historia del Oeste, incluso puede ser alguna aventura con espías.

Marabini no hace el menor gesto ni dice una sola palabra. No dice: «Gutiérrez, tendrá que escribir...», como ha dicho en otras oportunidades. Es como si Marabini en esta ocasión le cediera la palabra a Gutiérrez. ¿Cuál será el próximo libro?, pregunta Gutiérrez, haciendo uso de la palabra. No habrá próximo libro, responde Marabini. No entiendo, dice Gutiérrez. ¿Qué es lo que no entiende?, pregunta Marabini. Que no haya próximo libro, dice Gutiérrez, no entiendo que no haya próximo libro. Es fácil de entender, dice Marabini, no hay próximo libro. ¿Por qué?, pregunta Gutiérrez, ¿cometí algún error grave? ¿Hice algo que no debía hacer? Nada de eso, asegura Marabini. ¿No están conformes con mi trabajo?, pregunta Gutiérrez. Nada de eso, asegura Marabini, usted es uno de nuestros mejores hombres, Gutiérrez. No existe la menor queja en su contra. Meticuloso, puntual, callado, respetuoso, obediente. Ojalá todos los escritores fantasmas de esta editorial fuesen como usted, Gutiérrez. ¿Entonces?, pregunta Gutiérrez. Entonces eso, Gutiérrez, responde Marabini, lo que le acabo de decir: no hay libro. Haga de cuenta que se toma una semana sabática. ¿La otra semana ya habrá libro?, pregunta Gutiérrez. O tal vez la otra, responde Marabini, por lo que no sería una, serían dos las semanas sabáticas. Usted se merece un descanso, Gutiérrez. Tiene derecho a salir con su mujer y con sus hijos. Soy solo, dice Gutiérrez, no tengo mujer, tampoco tengo hijos. ¡Claro!, *Al fin solo*, dice Marabini, toma el disquete que le dejara Gutiérrez y lo agita frente a la cara de Gutiérrez. *Por fin solo*, corrige Gutiérrez. Da igual, dice Marabini, es la misma soledad.

XVIII

¿Y ahora qué?, se pregunta Gutiérrez. Marabini acaba de quebrar la rutina, por lo que este lunes será distinto a todos los lunes vividos por Gutiérrez en los últimos años. ¿Cuántos años? No es posible arriesgar una cifra exacta, pero han sido muchos. Lo grave es que no sólo este lunes será diferente para Gutiérrez, también será distinto el martes y va a ser distinto el miércoles y lo serán el jueves y el viernes y el sábado y el domingo. Incluso el próximo lunes. Marabini no le aseguró a Gutiérrez ningún libro para el próximo lunes.

Aunque nunca dio con aquel número de tres dígitos que, según los investigadores de la Universidad de Minnesota, podría determinar si alguien es o no feliz, Gutiérrez, hasta hoy, se consideraba un hombre feliz. Tenía un trabajo estable y creativo, tenía buenos amigos en el ciberespacio y solía encontrarse con su amigo Requejo en la calle, en alguna librería o en una tienda cualquiera. Gutiérrez se creía afortunado con las mujeres, había sabido ganarse la simpatía de Dolores y de Paloma, y para esos momentos de pura pasión (natural en todo hombre) contaba con el CD-Rom de Margaret; en rigor de verdad, la única amiga íntima de Gutiérrez. Gutiérrez tenía ambiciones secretas. Por ejemplo, escribir la novela auténtica o encontrar a Dolores más allá del ciberespacio. Gutiérrez se creía un hombre feliz. Pero bastó que Marabini quebrara la rutina para que todo se derrumbase.

No es sencillo aceptar un cambio de rutina. Podría argumentarse que ahora Gutiérrez tendrá todo el tiempo del mundo para continuar escribiendo la novela secreta o comenzará, por fin, a escribir la novela auténtica. ¿Pero quién le garantiza a Gutiérrez que precisamente durante esa semana lo visitarán las musas? Gutiérrez, aunque nunca lo ha dicho, cree en las musas. Sabe que una cosa es escribir libros por encargo, a tantas páginas por día, y otra cosa muy distinta es escribir libros que se publican con el propio nombre del autor, incluso con la foto del autor en la solapa o en la contratapa. Gutiérrez sabe que para escribir esos libros es esencial la visita de las musas y las musas, esto lo sabe muy bien Gutiérrez, no llegan cualquier día y a cualquier hora.

Podría argumentarse que Gutiérrez tendrá más tiempo para chatear, para salir a caminar o para encontrar a Requejo. Son argumentos válidos, pero se caen por su propio peso. Gutiérrez (en realidad Conan) chatea de noche. Es cierto que alguna vez lo ha hecho de día, pero lo hizo para encontrar a Dolores, no por el chateo en sí. En cuanto a salir a caminar, Gutiérrez camina por tres razones específicas: 1) Para ir a la editorial; en este caso, hace dieciocho cuadras (nueve de ida y nueve de vuelta) desde su casa hasta la parada del ómnibus, y viceversa. 2) Para encontrar el sitio de los correctores; en este caso, realiza una vuelta completa a la manzana de la editorial. 3) Para cumplir lo que oportunamente le aconsejara el médico; en este caso, ejecuta una vuelta completa a la manzana de su casa.

Así las cosas, Gutiérrez no podrá caminar hasta la parada del ómnibus que lo lleva a la editorial. Gutiérrez no tiene ningún libro para entregar en la editorial. Gutiérrez tampoco podrá dar la vuelta completa a la manzana de la editorial porque esta semana no le toca dar esa vuelta. A Gutiérrez sólo le quedaría la caminata sanitario-deportiva, pero es imposible realizar una caminata de ese calibre a lo largo de toda una jornada. En lo que hace a encontrarse con Requejo, esos encuentros siempre se producen por casualidad. Gutiérrez es incapaz de enfrentar las caprichosas leyes del azar.

Una semana difícil. Basta con mirar a Gutiérrez, detenerse un instante en las facciones de Gutiérrez, para comprender que está viviendo uno de los momentos más difíciles de su vida. Los ojos, dicen, son el espejo del alma. No hay brillo en los ojos de Gutiérrez. Claro que los ojos de Gutiérrez jamás se caracterizaron por su brillo. En cuanto a que Gutiérrez esté viviendo uno de los momentos más difíciles de su vida, para que esa afirmación tenga fundamento habría que conocer a fondo la vida de Gutiérrez, saber de su infancia y de su adolescencia, saber cuáles fueron sus amores imposibles y cuáles sus deseos frustrados. Poco o nada se sabe de Gutiérrez. Se sabe que ambiciona escribir la novela auténtica y que desea encontrarse con Dolores en el espacio real; se sabe que toma una pastilla azul al acostarse y otra pastilla, también azul, al levantarse; se sabe que se baña a diario, gusta de la leche y come frugalmente. Esto es lo único que se sabe de Gutiérrez. Es el propio Gutiérrez quien debería brindar mayor información. Tal vez volcó algo en la novela secreta que está escribiendo o tal vez reserve todo para la novela auténtica que piensa escribir. Lo cierto es que hasta ahora poco o nada se sabe de Gutiérrez, por lo que decir que Gutiérrez está viviendo uno de los momentos más difíciles de su vida es mera literatura, una frase hecha para salir del paso.

Pero no todo está perdido. Gutiérrez acaba de salir de la editorial. Hoy le corresponde dar la vuelta completa a la manzana. Después de esa vuelta, se supone, vendrán los problemas reales. Gutiérrez subirá al ómnibus y para los ojos de cualquiera que mire a Gutiérrez, éste será un viaje idéntico al de los otros lunes. Sin embargo, el viaje será parecido pero no idéntico. En esta oportunidad, Gutiérrez no llevará un sobre con información para el libro que tiene que escribir. No llevará un sobre con información, simplemente porque Marabini no le ha encargado libro alguno. Podrá argumentarse que no siempre Gutiérrez sale de la editorial con un sobre bajo el brazo. Cuando Marabini le encarga un texto de ficción, Gutiérrez no lleva sobre alguno. Es cierto. Pero cuando Marabini le encarga a Gutiérrez un texto de ficción, Gutiérrez aprovecha el viaje en ómnibus para ir pensando la historia que deberá escribir. En esta oportunidad, Marabini no le ha encargado ninguna novela, ni del *far west* ni de espías ni romántica ni policial ni siquiera erótica, ¿en qué pensará Gutiérrez durante el viaje en ómnibus?

Es prematuro arriesgar en qué pensará Gutiérrez durante el viaje en ómnibus. Antes de ese viaje, Gutiérrez tiene que dar la vuelta completa a la manzana de la editorial. Gutiérrez cree que será una vuelta más, parte de una rutina que realiza cada quince días. Gutiérrez considera que nada va a cambiar tras esa vuelta. En este caso, Gutiérrez se equivoca. Pero, por supuesto, Gutiérrez no lo sabe, por lo que se dispone a realizar la vuelta.

Gutiérrez gira a su izquierda y comienza a caminar los pocos metros que lo llevarán hasta la primera esquina. Ahora se detiene junto al buzón que casi como una reliquia del pasado permanece en esa esquina. Gutiérrez mira a su izquierda y a su derecha, con el indudable gesto de estar buscando a alguien. Es un falso gesto, realizado con el solo propósito de desorientar a quien pudiera estar siguiendo los pasos de Gutiérrez. No en vano Gutiérrez ha escrito numerosas novelas de espionaje y numerosas novelas policiales. Gutiérrez sabe con certeza de qué modo se puede embaucar a los posibles perseguidores. Hay diversas técnicas para engañarlos. Los personajes de Gutiérrez las utilizan a menudo. Mirar hacia la izquierda y hacia la derecha, como quien busca a alguien, es una de ellas. Con el propósito de que nadie advierta la mentira, Gutiérrez cambia de técnica cada quince días.

Gutiérrez se dispone a recorrer la segunda cuadra, ya que el tramo que va desde la puerta de la editorial hasta esta esquina en la que está Gutiérrez se cuenta como la primera. Casi no hay gente por la calle. Gutiérrez sólo ve a una mujer que camina algunos metros adelante. Gutiérrez descubre que a la mujer la acompaña un chico; parece un chico travieso que pega saltos sin sentido. La mujer reprende al chico, tal vez le ha dado un tirón de orejas, porque ahora el chico marcha normalmente junto a la mujer. En la vereda de enfrente Gutiérrez ve a una pareja interesada en los artículos que se exhiben en una vidriera. Gutiérrez ignora de que artículos se trata, porque la tienda que los vende carece de cartel indicador. La mujer con el chico entra en la casa que está en la esquina a la que acaba de llegar Gutiérrez.

En esta nueva esquina Gutiérrez prescinde de la técnica de mirar a la izquierda y a la derecha, como quien busca a alguien. Ahora ensaya un nuevo truco: simular que ha decidido volver sobre lo andado. Sorpresivamente, Gutiérrez retrocede unos pasos. Si en este momento alguien estuviera siguiendo a Gutiérrez se encontraría en un serio aprieto, ya que Gutiérrez lo enfrentaría sin más vueltas. El típico caso del cazador cazado. Gutiérrez acaba de dar vuelta sobre sus pasos y no se enfrentó con nadie; aparentemente, nadie lo sigue. Es tiempo de echarse a andar por la tercera cuadra.

Gutiérrez camina algunos metros y se detiene de golpe, como si una fuerza extraña lo hubiera paralizado. No se trata de una nueva artimaña para desorientar al presunto perseguidor. Gutiérrez se ha detenido no por lo que supuestamente venía detrás sino por lo que acaba de ver adelante. Gutiérrez vio a una mujer que caminaba cincuenta metros adelante. Gutiérrez está seguro de que esa mujer es Ivana. Hace un mes y medio y en un lunes como éste, Gutiérrez vivió la misma situación. Aquella vez no dudó en ir detrás de esa mujer, convencido de que se trataba de Ivana. ¿Qué fue lo que llevó a Gutiérrez a seguir a Ivana de esa manera compulsiva? Ni siquiera Gutiérrez podría dar una respuesta exacta. Lo cierto es que aquel lunes Gutiérrez siguió a Ivana. No fue una persecución prolongada: Ivana entró en una casa de departamentos y ahí, en la puerta de esa casa, Gutiérrez le perdió definitivamente el rastro.

Ahora Gutiérrez no quiere que la historia se repita. Aunque todo indica que se va a repetir. Ivana (o esa mujer que Gutiérrez cree que es Ivana) acaba de llegar a la misma puerta de la misma casa a la que había llegado aquél otro lunes, un mes y medio antes. Este lunes, como aquél, Ivana abre la puerta de la casa de departamentos y entra. Gutiérrez apura el paso, casi corre. Con esta acción, Gutiérrez tira por tierra todas las artimañas estratégicas que hasta ese momento había montado, pero le importa poco. Sólo quiere llegar a la puerta. Gutiérrez llega pero, igual que el lunes de hace un mes y medio, Ivana no está. Sin embargo, a diferencia de ese lunes, Gutiérrez no abandona la persecución. La puerta está entreabierta, Gutiérrez entra en la casa.

Gutiérrez cruza el hall de entrada. La imagen de Gutiérrez se refleja en el espejo que cubre una de las paredes. El espejo es el único detalle de decoración (si es que puede considerarse a un espejo elemento decorativo) que se advierte en ese hall. Gutiérrez se dirige hacia donde, se supone, se encuentra el ascensor. Junto al ascensor hay una escalera que lleva a los pisos altos. Casi al costado de esa escalera, como escondida, se distingue una puerta. Todo indica que por ahí se va hacia el sótano del edificio. Esa puerta también está entreabierta. Gutiérrez la abre del todo. La puerta, efectivamente, da paso a una escalera que desciende al sótano. Ahora Gutiérrez comienza a bajar por esa escalera. La escalera parece no tener fin, pero eso no le preocupa a Gutiérrez. A medida que desciende aumenta la oscuridad; esto sí le preocupa a Gutiérrez, pero no detiene sus pasos. Gutiérrez ha llegado al final de la escalera, la oscuridad es total. Gutiérrez ignora las dimensiones de ese sitio, puede tratarse de un mero corredor o de un vasto salón. Gutiérrez no tiene modo de saberlo, pero igual extiende sus brazos y avanza, ciego. Todo es silencio. A lo lejos, muy a lo lejos, brilla una pequeña luz. Gutiérrez no duda y hacia allí se dirige.

Ahora Gutiérrez está muy cerca de esa luz. Gutiérrez descubre que se trata de un círculo perfecto de no más de veinte centímetros de diámetro, una especie de sello inmóvil en medio de la oscuridad. Gutiérrez piensa en un rayo láser, pero de inmediato deshecha ese pensamiento. Esto que está frente a los ojos de Gutiérrez es una forma de luz que Gutiérrez nunca antes había visto. Gutiérrez continúa avanzando con los brazos extendidos. Las manos de Gutiérrez tocan un obstáculo sólido. Es un muro. Sobre el muro alguien ha practicado ese ojo de buey por el que se filtra la luz que está detrás del muro.

Gutiérrez sabe que debe atravesar ese muro, pero no sabe cómo. Decide ir hacia la izquierda, tanteando el muro, a la búsqueda de una puerta imposible. Después de avanzar un buen trecho y cuando está a punto de perder toda esperanza, Gutiérrez palpa algo que tiene la consistencia de una tela áspera y sólida; cree que es una lona, pero de inmediato descubre que se trata de ese género pesado con el que se fabrican los telones. Gutiérrez cierra los ojos y descorre el telón. Ahora está del otro lado. Gutiérrez abre los ojos y se encuentra en un sitio del que es imposible determinar sus dimensiones. Un sitio donde la luz se pierde en el infinito. Es una luz intensa, agresiva y cálida al mismo tiempo. Gutiérrez acaba de resolver un enigma legendario: el sitio de los correctores existe. Los correctores no son rengos, advierte Gutiérrez.

XIX

Gutiérrez está otra vez en la calle. Un rato antes había comenzado a subir por la escalera que lo llevaría desde el sótano hasta la planta baja. No se veía luz al final de esa escalera: señal inequívoca de que la puerta del sótano estaba cerrada. Gutiérrez pensó que incluso estaría cerrada con llave. Las puertas de los sótanos deben estar naturalmente cerradas con llave, los encargados de los edificios se ocupan de que esa ley se cumpla sin alternativas. Gutiérrez pensó que el encargado de ese edificio era un hombre respetuoso de las leyes y sin más vueltas se imaginó encerrado en el sótano. Vaya a saberse por cuánto tiempo encerrado allí, con la sola compañía de las cucarachas y de los ratones. En los sótanos de los edificios de la ciudad hay cucarachas y ratones; incluso en muchos de esos sótanos suele haber ratas. Mientras subía por la escalera, Gutiérrez pensó que si la puerta estaba cerrada con llave tendría que aceptar la compañía de las cucarachas y de los ratones; tal vez también la compañía de las ratas. Al llegar al último escalón Gutiérrez se enfrentó a la puerta; ya no había espacio para las especulaciones. Apoyó su mano derecha en el picaporte y comenzó a hacerlo girar lentamente. No murmuró la menor plegaria (Gutiérrez, ya se ha dicho, es agnóstico), pero no disimuló el suspiro de alivio cuando comprobó que la puerta estaba cerrada sin llave. En el hall del edificio todo fue más sencillo. Gutiérrez se encontró a ras del piso, como suele encontrarse la gente estándar de este mundo. Gutiérrez caminó hacia la puerta de salida justo en el momento en que, milagrosamente, un vecino del edificio se disponía a entrar. Gutiérrez y el vecino del edificio farfullaron un saludo de cortesía. Ahora Gutiérrez está otra vez en la calle y a paso lento se dirige hacia la parada del ómnibus.

Gutiérrez ha ocupado el cuarto asiento, del lado del pasillo, en la fila de la izquierda. El hombre que viaja del lado de la ventanilla no mira a Gutiérrez. Gutiérrez tampoco mira al hombre que viaja del lado de la ventanilla. El hombre que viaja del lado de la ventanilla está mirando por la ventanilla. Gutiérrez, en cambio, tiene la vista fija en un punto impreciso, situado unos metros más adelante. Tal vez mira el cartel que anuncia el número de pasajeros que ese ómnibus admite sentados y el número de pasajeros que admite de pie, o tal vez mira la chapa de metal en la que aparece el nombre de la empresa que ha construido ese ómnibus: una suerte de marca de fábrica.

No importa lo que mira, Gutiérrez está repitiendo los gestos que invariablemente realiza a bordo del ómnibus, los lunes que Marabini le encarga un libro de ficción. Ahora, como cualquiera de esos lunes, Gutiérrez viaja sumergido en sus pensamientos. Todo indicaría que, igual que esos lunes, Gutiérrez piensa en el tema de la nueva novela que le ha encargado Marabini. Pero, como bien se sabe, Marabini no le ha encargado novela alguna. Pese a esta circunstancia, Gutiérrez igual viaja sumergido en sus pensamientos. Está pensando en su novela secreta. Una novela que, se supone, tendrá a los correctores por personajes. Gutiérrez acaba de descubrir que el sitio de los correctores existe de verdad. No es una mera fantasía. Gutiérrez acaba de ver a los correctores. Ésta es la pura realidad. Gutiérrez vio esa realidad, ahora sólo le resta contarla.

El viaje en ómnibus ha quedado atrás, también han quedado atrás las nueve cuadras que separan la parada del ómnibus de la casa de Gutiérrez. Gutiérrez utilizó el ascensor para subir los dos pisos, al salir del ascensor supo que la vecina del 2° C lo espiaba por la mirilla de la puerta. Gutiérrez caminó hasta su departamento sin darle importancia a esa mirada. Ahora está en su casa, bebe un reparador vaso de leche hervida y se dirige hacia la computadora. Es tiempo de revelar cómo es el sitio de los correctores, decir sin pelos en la lengua cómo son los correctores.

Gutiérrez recorre el laberinto que lo lleva hacia el archivo en donde bajo un nombre falso guarda su novela secreta. Gutiérrez escribe la contraseña y espera. Apenas unos segundos después, su novela secreta aparece en pantalla. Gutiérrez acciona al mismo tiempo las teclas Control y Final y ya está en la última línea que ha escrito de su novela secreta. A partir de este momento Gutiérrez teclea sin descanso. Se podría afirmar que teclea de un modo casi febril, como si realmente estuviera poseído. Nunca antes había escrito de esta manera. No hay duda de que Gutiérrez tiene necesidad de contar lo que ha visto.

En 1947 Jum'a, un pastor beduino de la tribu Ta'amireh, descubrió unos manuscritos antiguos en piel y tela en una cueva al noroeste del mar Muerto. Esos rollos, más tarde catalogados bajo el nombre de *Los Rollos del Mar Muerto*, eran más de seiscientos y se encontraban en distintos estados de conservación. Los rollos estaban escritos en hebreo y arameo y, además de manuales de disciplina y libros de himnos, incluían casi intactas dos de las copias más antiguas del *Libro de Isaías*, así como fragmentos de todos los libros del *Antiguo Testamento*, a excepción del *Libro de Ester*. Las pruebas paleográficas indicaron que la mayoría de los documentos habían sido redactados en distintas fechas, al parecer desde el 200 a.C. hasta el 68 d.C. Hoy constituyen una ayuda inestimable para determinar el texto original de las escrituras hebreas. Le dan crédito a esas escrituras.

Jum'a encontró los rollos por casualidad. En cambio, Gutiérrez buscó pacientemente el sitio de los correctores. Jum'a nunca tuvo idea de lo que había encontrado. En cambio, Gutiérrez supo de inmediato la importancia de su hallazgo. Jum'a era un pastor analfabeto. En cambio, Gutiérrez es un escritor que se dispone a revelar la verdad, sin agregar ni quitar nada. Si bien cada cual cuenta a su modo las cosas que ve, habrá que aceptar como verdaderas las palabras de Gutiérrez, ya que *supuestamente* Gutiérrez es el único que conoce el sitio de los correctores, es el único que ha visto a los correctores. ¿Qué es lo que cuenta Gutiérrez? Imposible saberlo. Poco se puede saber de una novela que desde el título se proclama secreta. Habrá que confiar en que algún día Gutiérrez publique esa novela. Seguramente saldrá con otro título. *El sitio de los correctores,* por ejemplo, o *Los correctores.* Entonces, por fin, se podrá conocer lo que ahora está escribiendo Gutiérrez.

Por el momento tendremos que imaginar ese texto. Lo que no se puede ocultar es el fervor que Gutiérrez pone al escribirlo. ¿Pero de qué modo se describe un fervor? O lo que es más riguroso: ¿de qué modo se describe el fervor que ahora mismo siente Gutiérrez? No hay modo. Tal vez alcance con decir que los dedos de Gutiérrez aporrean sin descanso el teclado y que los ojos de Gutiérrez siguen fijos en la pantalla. Aunque tampoco esto es cierto. Gutiérrez acaba de quitar las manos del teclado, apoya su cuerpo contra el respaldo de la silla y abre y cierra repetidamente los ojos, sin duda irritados por la luz que emite la pantalla. Después de esta ligera operación sanitaria, Gutiérrez oprime las teclas Control y Comienzo. Todo indica que se dirige al principio de su novela secreta, seguramente con el propósito de realizar una lectura de control. A lo largo de tres minutos, no hace otra cosa que leer. A punto de entrar en el cuarto minuto, detiene su lectura. En la cara de Gutiérrez se advierte un indudable gesto de asombro. En el texto aparecen adjetivos ajenos a Gutiérrez, palabras que Gutiérrez jamás había escrito. Alguien ha corregido su novela secreta.

Esto es imposible. Nadie, absolutamente nadie sabe de esa novela. Para llegar a ella es necesario recorrer un laberinto que sólo Gutiérrez conoce. Para entrar en ella es preciso escribir una contraseña, que sólo Gutiérrez conoce. Gutiérrez piensa en un *hacker*. Como bien se sabe, los *hackers* invaden las máquinas cuando la víctima (es decir: el propietario de la computadora) navega por Internet. Gutiérrez no entra en esa categoría. La computadora de Gutiérrez posee un sofisticado programa capaz de descubrir y rechazar la presencia de cualquier *hacker*.

En este momento Gutiérrez manifiesta un sentimiento común a los seres humanos. Gutiérrez duda. Tal vez escribió las palabras que ahora no reconoce como suyas. En el proceso de escritura suelen intercalarse palabras ajenas al vocabulario de quien escribe. Habría numerosos argumentos para explicar este fenómeno, Gutiérrez prefiere atribuirlo al sueño. Es muy posible que cuando escribió ese párrafo, haya sufrido ese estado al que, por mejor definición, se conoce por «duermevela». Es decir, a mitad de camino entre la lucidez y el sueño. Gutiérrez piensa que esas palabras más que pensadas fueron soñadas y, como bien se sabe, no hay manera de dominar los sueños.

Aunque la explicación goza de una lógica absoluta, no alcanza a disipar la duda. Con el solo propósito de disipar esa duda, Gutiérrez decide realizar una prueba. A simple vista se trata de una prueba inocente, infantil casi, que sin embargo, a partir de esa ingenuidad, puede eliminar cualquier incertidumbre. Gutiérrez abre el bloc borrador que tiene junto al teclado de su computadora y con un lápiz de punta fina realiza una detallada descripción de los correctores. Gutiérrez escribe: «Son individuos de no más de un metro y medio de estatura, pero de casi cien kilos de peso. Usan ropas brillantes que contrastan con la piel, pálida y apergaminada, de sus manos y rostros». Gutiérrez asiente con un ligero movimiento de cabeza, prueba indudable de que certifica lo que ha escrito. Ahora, palabra a palabra, incluye esa descripción en uno de los capítulos de su novela secreta. El retrato de los correctores ya está en el disco rígido. Gutiérrez no puede evitar un gesto de placer: ha realizado una descripción de los correctores teñida de falsedades y disparates. Esa es la trampa.

Gutiérrez apaga la computadora, se pone de pie y desentumece su cuerpo. Es un buen momento para llevar a cabo una caminata sanitario-deportiva. No lo piensa dos veces. Comprueba que la ventana que da a la pared ciega esté correctamente cerrada y se dirige hacia la puerta. Esa puerta y esa ventana son los dos únicos sitios por los que se puede ingresar en el departamento de Gutiérrez. Antes había un tercer sitio: el hueco del lavadero. Pero desde hace años una sólida pared de ladrillos clausura esa antigua entrada. Ahora Gutiérrez está en el pasillo. Ha cerrado la puerta con llave y se dirige hacia la escalera. Sabe que la vecina del 2° C lo está mirando, pero le importa poco.

La caminata sanitario-deportiva transcurre sin ningún detalle importante para destacar. Gutiérrez ha dado una vuelta completa a la manzana y otra vez está frente a la puerta de la calle. Abre la puerta y se dirige al ascensor. Tiene por costumbre bajar por la escalera y subir por el ascensor, lo ha tomado como una norma. Gutiérrez respeta las normas. Es el mejor modo de vivir sin sobresaltos, le suele decir Gutiérrez a Requejo las veces que por casualidad se encuentran en la calle o en alguna librería o en una tienda cualquiera. Las vacas y los corderos viven sin sobresaltos, responde Requejo. Pero Gutiérrez no se da por aludido. No se siente ni vaca ni cordero, por lo que en situaciones como esas prefiere cambiar de conversación: otro modo eficaz de vivir sin sobresaltos.

Gutiérrez abre la puerta de su departamento, enciende la luz y comprueba que todo se encuentra tal como lo había dejado antes de emprender la caminata sanitario-deportiva. Ahora se dirige hacia la computadora, oprime el botón de encendido y se sienta a esperar. Gutiérrez está seguro de que no sufrirá ningún sobresalto. Atraviesa el laberinto que lo conduce a su novela secreta, escribe la contraseña y aguarda a que el texto se muestre en pantalla. Gutiérrez está seguro de que todo será como siempre, que nada habrá cambiado. Gutiérrez se equivoca.

Gutiérrez oprime las teclas Control y Final y llega hasta las últimas líneas de su novela secreta. Gutiérrez se sobresalta. Hay dos razones para ese sobresalto. Primero, alguien le ha corregido el texto. Segundo, quien le corrigió el texto repitió la trampa de Gutiérrez: realizó una descripción de los correctores saturada de errores y disparates. Los correctores no son individuos delgados de casi dos metros de estatura, ni usan ropas elegantes, como acaba de leer Gutiérrez. Así no son los correctores. Gutiérrez lo sabe muy bien, porque los ha visto.

Frente a esta circunstancia, de nada vale ir en busca de Margaret o largarse a chatear por Internet. Lo más sano es tomar rápido una pastilla azul. Gutiérrez quiere creer que todo ha sido un mal sueño, camina hasta su cama y con esa idea se duerme.

XX

Gutiérrez apaga el despertador antes de que comience a sonar, después mira la hora: las siete menos cuarto. En la calle todavía es de noche. Gutiérrez imagina que todavía es de noche. Desde la cama es imposible saber si ya salió el sol. Pero aunque Gutiérrez estuviera fuera de la cama, igual tendría que imaginarlo. Más de veinte pisos tiene el edificio que se alza frente a la única ventana del departamento de Gutiérrez. Para saber si está nublado o si hay sol, Gutiérrez debe abrir esa ventana, asomarse y mirar hacia arriba. Gutiérrez debe observar detenidamente el trozo de cielo que aparece en el rectángulo formado entre uno y otro edificio. Tampoco así se logran datos ciertos. Una nube puede cubrir ese rectángulo justo en el momento en que Gutiérrez mira. Más de una vez Gutiérrez creyó que era un día nublado cuando en realidad era un día de sol. Este desorden, sin embargo, no lo intranquiliza. A Gutiérrez no le preocupan los cambios climáticos. Tampoco a Conan. En Internet no hay tormentas ni relámpagos, no existen ni el día ni la noche. Las veces que Gutiérrez y Requejo se encuentran en la calle o en alguna librería o en una tienda cualquiera, jamás hablan del tiempo. Ivana era la única persona que le hablaba a Gutiérrez de la magia de las noches de lluvia o del encanto de las tardes de sol. Me da lo mismo una cosa que la otra, decía Gutiérrez toda vez que Ivana le hablaba de esa magia o de ese encanto, pero no decía por qué le daba lo mismo.

Ahora a Gutiérrez también le da lo mismo. Poco importa que ésta sea una mañana tormentosa o una mañana de sol, Gutiérrez igual se pone los anteojos, se calza las pantuflas, coloca sobre su lengua la pastilla diurna y se dirige hacia el cuarto de baño. Gutiérrez ha resuelto transgredir una de sus normas matutinas: hoy no se bañará. Es coherente adoptar una actitud rebelde cuando, como en este caso, Gutiérrez decidió dedicar su tiempo a la escritura de la novela secreta. Gutiérrez bebe un sorbo de agua con el fin de tragar la pastilla azul y se dirige a la cocina para tomar su desayuno. Salvo el hecho de no haberse bañado, esta mañana parece idéntica al resto de las mañanas que ha vivido Gutiérrez. Sin embargo, de aquí a un instante se producirá algo diferente al resto de las mañanas de Gutiérrez.

Camino a la cocina, Gutiérrez advierte que parpadea la luz roja de su contestador telefónico. Alguien lo ha llamado y le ha dejado un mensaje. Desde que instalara su contestador telefónico, hace años de esto, Gutiérrez había recibido sólo cuatro mensajes. Los recuerda con precisión. El primero era de una agencia de viajes, le ofrecía un crucero por las islas del Caribe; podía pagarse en cómodas cuotas mensuales. El segundo de algún modo también se refería a un viaje. Se trataba de una oferta de «Jardín del Sosiego», un cementerio privado en plan de expansión que brindaba sus nuevas parcelas a precios ventajosos. El tercero era de Ivana, quería saber por qué Gutiérrez se negaba a verla. Fue la única vez que llamó. El cuarto era equivocado: un tal Raúl le recordaba a un tal Santiago que mañana a las ocho debían jugar el partido de básquet. El nombre de Gutiérrez no es Santiago, y Gutiérrez jamás ha jugado al básquet.

Ahora la luz roja del contestador telefónico parpadea por quinta vez. Gutiérrez piensa que puede ser Dolores.

Piensa que Dolores se fue del ciberespacio y ha decidido regresar por medio de la línea telefónica. Eso es imposible. Dolores estaría llamando a Conan no a Gutiérrez. Conan jamás dejó número de teléfono alguno. En la Edad Hiboria, por otra parte, no se conocía el teléfono. Quien llamó, por consiguiente, tuvo que haber sido alguien de ahora y aquí. Requejo no conoce el número de teléfono de Gutiérrez. Requejo una vez le dio su número a Gutiérrez, pero Gutiérrez nunca le dio el suyo a Requejo. Tal vez sea Ivana, las mujeres son imprevisibles, o acaso Marabini. En la editorial comprendieron que Gutiérrez es irremplazable y Marabini lo ha llamado para pedirle que, por favor, regrese.

El enigma se resolverá no bien Gutiérrez oiga el mensaje. Gutiérrez acciona el botón del contestador y se dispone a oír. Más le hubiera valido no haberlo escuchado. Una voz grave, monocorde, dice: «En la biblioteca está la verdad, Gutiérrez. La verdad está en los libros de tapas azules». Gutiérrez no puede creer lo que ha escuchado, por lo que retrocede la cinta y vuelve a escucharla. La misma voz, el mismo tono, el mismo mensaje.

Gutiérrez quiere creer que se trata de un sueño. Un sueño igual al de la noche anterior, cuando le pareció ver correcciones en su novela secreta. Pero ahora Gutiérrez está despierto. Gutiérrez siente miedo. No ese miedo que con tanta claridad, con el seudónimo de Enrico Moretti, describiera en su libro *El Miedo, un enemigo oculto*, de la colección *La ciencia al alcance de todos*. Éste es un miedo real, difícil de describir. Gutiérrez mira a su alrededor, gira sobre sí mismo una y otra vez buscando las razones del cambio, pero nada ha cambiado. Las cosas están en el mismo sitio en que estuvieron siempre y Gutiérrez, como siempre, está solo en su departamento. Gutiérrez camina hacia el dormitorio. Gutiérrez teme lo peor.

El placard que oculta la biblioteca está en el dormitorio. Además del placard, el dormitorio cuenta con una cama (en realidad es un colchón de plaza y media, apoyado sobre un somier), un cubo de madera que cumple las funciones de mesa de luz, un baúl mediano y una vieja silla, sin lustre, pintura ni estilo definido. El dormitorio de Gutiérrez, como se recordará, tiene el aspecto de una celda monacal y no tiene ventanas. No hay forma de mirar desde afuera. Gutiérrez recorre las paredes del dormitorio y examina los mínimos detalles: una hendidura, una mancha o una rajadura imperceptible. Gutiérrez se sienta en la cama, ahora inclina el cuerpo con el propósito de levantar una pelusa del suelo; de paso observa qué puede haber debajo del somier. No hay nada. Gutiérrez se para y se dirige hacia el baúl que está a los pies de la cama. Gutiérrez levanta la tapa del baúl. Acomodadas, tal como Gutiérrez las había acomodado, siguen ahí las cosas que Gutiérrez guardara algunos años antes. Nada debajo del sommier, nada en el baúl. Sólo queda el placard. Hacia allí se dirige Gutiérrez.

La ropa que cuelga en el placard disimula la biblioteca que guarda los libros de tapas azules. Gutiérrez abre la puerta del placard. En la cara interior de esa puerta hay una barra de bronce que sostiene un buen número de corbatas. Gutiérrez elige una, la rayada en dos tonos de azul, y la contempla con atención, como si estuviera buscando una mancha. Mientras busca la mancha, Gutiérrez de soslayo mira el interior del placard. Todo está en orden: el sobretodo, los sacos y los pantalones están colgados en sus respectivas perchas, tal como Gutiérrez los había dejado. No hay nada que temer, por lo que Gutiérrez desliza su brazo por entre la ropa y toma un libro. Lo abre y descubre que se trata de una aventura de Charles «Timbo» Lewis, un soldado mercenario al que Gutiérrez hizo combatir en diferentes países de Centroamérica. Ahora Gutiérrez está en el centro del dormitorio, con el libro en la mano. Si pudiéramos medirlo, comprobaríamos que Gutiérrez se encuentra en el centro exacto del dormitorio. Esto habrá que atribuirlo al puro azar. Hubiera sido imposible conseguir esa exactitud sin contar con los instrumentos adecuados. Lo cierto es que Gutiérrez está en el centro del dormitorio y se dispone a leer el libro.

Gutiérrez lee una página cualquiera. La cara de Gutiérrez se transforma. Puede ser un gesto de dolor o un gesto de sorpresa. A veces el dolor y la sorpresa se confunden. En este momento Gutiérrez está confundido, le cuesta aceptar lo que acaba de leer en esa página cualquiera. No puede aceptarlo porque lo que Gutiérrez acaba de leer en esa página cualquiera es algo absolutamente cierto, puramente real. Ante los ojos de Gutiérrez aparecen episodios de la vida de Gutiérrez que Gutiérrez creía haber olvidado para siempre. En las páginas de ese libro se describen momentos muy íntimos de Gutiérrez, que Gutiérrez había ocultado a lo largo de su vida. No hay dudas: el libro narra cómo era Gutiérrez, desde los años de la escuela primaria hasta hoy. El libro también habla de los padres de Gutiérrez.

Está todo. Gutiérrez se pregunta si sucederá algo parecido con el resto de los volúmenes que guarda en la biblioteca disimulada en el placard. Hay una sola manera de saberlo. Gutiérrez abandona el centro exacto del dormitorio, se para frente al placard y como quien corre un telón aparta los sacos y los pantalones. Gutiérrez saca otro libro, en este caso se trata de un volumen de autoayuda. Gutiérrez le da una rápida hojeada y comprueba que ese libro también habla de Gutiérrez. Gutiérrez vacía la biblioteca. Los libros quedan desparramados por el piso, sin ningún orden ni sentido. Gutiérrez se arrodilla en el piso y comienza a hojearlos. Esa simple operación le basta para comprender que, con ligeras variantes, en cada uno de los libros siempre se cuenta la misma historia. No importa quién lo firme, tampoco importa que sean novelas, en cualquiera de sus tipos, o volúmenes de autoayuda o manuales de divulgación científica: todos los libros son el mismo libro, como si a lo largo de su vida Gutiérrez no hubiera hecho otra cosa que escribir el mismo libro.

Si alguien mirase a Gutiérrez desde arriba, digamos desde el techo del dormitorio, vería que Gutiérrez ya no está en el centro mismo del cuarto, se ha desplazado ligeramente hacia un costado. Gutiérrez sabe que sobre el piso hay ciento cincuenta y dos libros. Ahora comienza a apilarlos. Gutiérrez los agrupa en cuatro pilas, de treinta y ocho libros cada una. Una vez que las cuatro pilas están ordenadas, Gutiérrez se dirige a la primera, la alza y con sumo cuidado la lleva hasta el cuarto de baño. Gutiérrez deposita los libros junto a la bañadera y se dirige a buscar la segunda pila. Gutiérrez repite la misma operación con esa pila, con la tercera y con la cuarta. Todos los libros, en cuatro columnas casi perfectas, han quedado junto a la bañadera. Gutiérrez toma el primer libro de la primera columna, lo parte en dos y arroja las mitades al interior de la bañadera. No es difícil partir en dos un libro. Basta con sujetar la tapa con la mano derecha y la contratapa con la mano izquierda, después se ejecuta un rápido movimiento de manos y acto seguido, por el lomo, el libro queda dividido en dos partes. Gutiérrez ejecuta la misma operación con el resto de los libros de la primera columna. Las tapas azules, confundidas con las páginas blancas y las letras negras, provocan una extraña imagen: parece un río muerto.

Gutiérrez no le da importancia a esa extraña imagen, se dirige a lo que alguna vez fue el lavadero y en la actualidad es su taller de encuadernación. Allí guarda una damajuana que contiene kerosén. ¿Por qué Gutiérrez guardaba esa damajuana en el taller de encuadernación? Podrían tejerse diversas hipótesis, desde la determinista (esa damajuana cargada de kerosén estaba allí para que Gutiérrez cumpliera con el destino establecido) hasta la pragmática (esa damajuana cargada de kerosén estaba allí porque Gutiérrez la utilizaba para sus trabajos de encuadernación), cualquiera de esas hipótesis podría ser válida. Lo cierto es que Gutiérrez, con la damajuana colgando de su mano derecha, se dirige otra vez al cuarto de baño. Ahora moja con kerosén los libros despedazados que están en el interior de la bañadera y arroja un fósforo encendido sobre ellos. La llamas crecen de inmediato. Gutiérrez ha bajado la tapa del inodoro y ahí se sienta. Gutiérrez observa en silencio cómo el fuego destruye los libros. Sobre la cara de Gutiérrez se distinguen algunas lágrimas. Algo lógico: el fuego produce humo y el humo a veces hace llorar.

Gutiérrez va hasta el living y abre de par en par la ventana. Un modo efectivo de reducir el humo que desde el baño invade al resto del departamento. Gutiérrez se sienta en una de las sillas del living. Durante la siguiente media hora, Gutiérrez no hace otra cosa que observar cómo el humo se pierde por la ventana. Ahora regresa al cuarto de baño, toma la segunda pila de libros, los rompe por la mitad, los arroja al interior de la bañadera y los quema. No bien se alzan las primeras llamas Gutiérrez vuelve a la silla del living, se sienta y mira cómo el humo se pierde por la ventana. Media hora después, Gutiérrez regresa al cuarto de baño, rompe los libros que forman la tercera columna y los quema. Luego regresa al living, se sienta en la silla y observa cómo el humo se pierde por la ventana. Media hora después, Gutiérrez vuelve al cuarto de baño para llevar a cabo la última cremación. Después regresa a la silla del living y observa cómo el humo sale por la ventana.

Los incendios, aunque sean pequeños, como éstos que ha provocado Gutiérrez, tienen algo de ceremonioso. Por el contrario, cuando el fuego se termina, sólo queda humo, olor y un paisaje arrasado y sombrío. Así es el paisaje que se presenta ante los ojos de Gutiérrez. Los azulejos del baño soportaron el calor hasta la segunda pila de libros, pero se quebraron no bien Gutiérrez comenzó a quemar la tercera. La bañadera no fue tan resistente: el esmalte empezó a resquebrajarse en mitad de la segunda quema. El hollín cubre parte de los azulejos rotos. Una capa de cenizas oculta las rajaduras de la bañadera. Persisten, tercamente, algunos fragmentos de papel quemado.

Gutiérrez está otra vez junto a la bañadera. Ahora se inclina, recoge un puñado de cenizas, algunos fragmentos de papeles quemados, los arroja al inodoro y aprieta el botón del depósito. Gutiérrez repite una y otra vez esta maniobra. La bañadera queda libre de cenizas y de fragmentos de papeles quemados. Gutiérrez abre las canillas y deja que el agua corra sobre el esmalte quebrado hasta perderse por el desagüe. Gutiérrez pone toda su atención en el recorrido, como si realmente estuviera frente a uno de los grandes fenómenos de la naturaleza. Gutiérrez comienza a quitarse la ropa. Ahora entra en la bañadera, abre las canillas de la ducha y deja que el agua caiga sobre su cuerpo desnudo. Gutiérrez quiere creer que el agua purifica tanto como el fuego y ahí se queda, bajo una lluvia que debería ser reparadora.

Los cuartos de baño, por su silencio y su soledad, suelen ser sitios adecuados para la reflexión. En más de una oportunidad, bajo la ducha, Gutiérrez pensó alguna de sus historias. En este momento Gutiérrez también piensa, pero no piensa en ninguna historia. Seguramente, Gutiérrez piensa que de nada vale haber quemado los libros. Miles de lectores ya habrán leído o estarán a punto de leer la vida de Gutiérrez. Miles de lectores conocerán o estarán a punto de conocer los secretos más ocultos de Gutiérrez. Ni el fuego ni el agua pueden evitarlo. Gutiérrez cierra la ducha y se queda largo rato, de pie, en el interior de la bañadera. Gutiérrez siente algo, pero no alcanza a precisar qué es lo que siente. Ahora, desnudo y mojado, se dirige hacia la computadora y coloca el CD-Rom de Margaret. Gutiérrez necesita una sesión de sexo brutal. Salvaje, como nunca antes lo había practicado. Gutiérrez piensa hacer con Margaret todo lo que hasta ese momento no se había atrevido a hacer. Gutiérrez enciende la computadora, dispuesto a comenzar la ceremonia. Sabe que sobre la pantalla aparecerá el generoso cuerpo de Margaret. En lugar del generoso cuerpo de Margaret, sobre la pantalla aparece un cartel anunciando que es imposible acceder al programa. El cartel aconseja probar una vez más y si se repitiera la falla, aconseja el cartel, no queda otro camino que acudir al distribuidor del producto. Gutiérrez prueba una vez y nuevamente aparece el cartel. Gutiérrez sabe que aunque pruebe mil veces, mil veces aparecerá el cartel. Gutiérrez apaga la computadora, también se apaga en Gutiérrez esa pasión desenfrenada de hace unos minutos. Gutiérrez regresa al cuarto de baño, seca su cuerpo, se calza las sandalias de playa y se dirige a la cama. Antes de acostarse, Gutiérrez toma la pastilla nocturna. Gutiérrez quiere creer que también éste ha sido un mal sueño.

XXI

Los sueños, malos o no, raramente dejan huellas. En el departamento de Gutiérrez, sin embargo, quedan huellas. El humo se ha perdido por la ventana, pero el polvillo sigue estampado en las paredes. Gutiérrez se despierta a las seis de la mañana, sale de la cama, toma la pastilla diurna y se dirige al cuarto de baño. El techo tiene algunos lamparones negros, una parte del piso continúa cubierta de hollín y los azulejos están cuarteados. En el interior de la bañadera se ven las grietas del esmalte, pero ya no hay papeles chamuscados ni cenizas. Gutiérrez entra en la bañadera, abre la canilla de la ducha, deja que el agua corra por su cuerpo, lo enjabona y se enjuaga, como si nada hubiera pasado. Ahora se seca, con la tranquilidad de todas las mañanas, se calza las sandalias de playa, con la parsimonia de todas las mañanas, se cubre, con el recato de todas las mañanas, y camina otra vez hacia el dormitorio, como todas las mañanas.

Gutiérrez pasa junto al contestador telefónico y advierte que la luz roja parpadea. Alguien lo ha llamado, alguien le ha dejado un mensaje. Gutiérrez duda entre escuchar el mensaje o continuar su marcha. Continúa su marcha. Ahora está en el dormitorio. Saca una bata del placard y se la pone, se quita las sandalias de playa y se calza las pantuflas, recoge la toalla y las sandalias de playa y nuevamente se dirige al baño. Gutiérrez vuelve a enfrentar la luz roja del contestador. Los prostíbulos solían tener una luz roja en el dintel de la puerta. Las salas de guardia de los hospitales también se identifican con una luz roja. Esto último, sin embargo, Gutiérrez no lo puede afirmar. Gutiérrez más de una vez llegó a una sala de guardia, pero jamás visitó un prostíbulo. Caprichos de la mente: Gutiérrez está seguro de cuál es la luz de un sitio al que nunca fue y tiene dudas acerca de la luz de un sitio al que ha ido más de una vez. La luz roja que ahora ve Gutiérrez no corresponde ni a un prostíbulo ni a una sala de guardia. Es una pequeña luz que anunciará grandes infortunios. Esto lo sabrá Gutiérrez cuando, de una vez por todas, decida oír el mensaje que anuncia esa luz roja.

Gutiérrez se ha detenido frente al contestador. Oprime el botón y se dispone a oír. Gutiérrez oye la misma voz, con el mismo tono del día anterior. La voz dice: «Una imagen vale por mil palabras». Sólo dice eso, pero es suficiente. Gutiérrez deja caer las sandalias de playa y la toalla al suelo y, resignado, se dirige al sitio donde están *escondidos* sus álbumes de fotos. Gutiérrez saca un álbum del sitio donde están *escondidos* y se dispone a mirarlo.

Más le hubiera valido no haberlo mirado. Cualquier cosa menos esto, dice Gutiérrez en voz muy baja, casi en un murmullo. Las fotos que ahora ve Gutiérrez no son las que naturalmente guardaba en esos álbumes. No es la foto de «Vehículos de Reparto de *Gath & Chaves*», tampoco la de «Clase de señoritas, Academia Nacional de las Artes». Las fotos que se guardaban en los álbumes eran tomas inofensivas, fotos que podían mostrarse sin riesgo alguno, sin molestar a quien las mirase. En cambio, las que ahora ve Gutiérrez son ofensivas. Al menos para Gutiérrez resultan ofensivas. No en vano Gutiérrez repite una y otra vez: Cualquier cosa menos esto. No en vano se transformó la cara de Gutiérrez. ¿Qué es lo que muestran esas fotos? Gutiérrez ha cerrado el álbum, y no piensa volver a abrirlo. Tampoco abrirá el resto de los álbumes *escondidos* en algún sitio del departamento. Sitio al que no es fácil llegar.

Gutiérrez está solo en mitad del living. Decir que Gutiérrez está solo en mitad del living es una mera construcción literaria. Tal vez Gutiérrez nunca estuvo solo, tal vez ha sido observado todo el tiempo. ¿Por quién? Esta pregunta en lugar de producir una respuesta provoca una nueva pregunta: ¿Cómo? Gutiérrez sospecha que hay cámaras ocultas en su departamento. En *Estación espacial sangrienta,* una novela de terror astral que Gutiérrez escribió para la colección *El cosmos fantástico*, se producía un hecho semejante. El capitán Xcor, experto en viajes interplanetarios, era seguido todo el tiempo por un ojo que observaba sus mínimas acciones. Luego el ojo enviaba los datos a la estación enemiga. El capitán Xcor no tenía conocimiento de ese ojo, porque el ojo era invisible para el capitán. Pese a esa circunstancia, Xcor descubría al ojo y ponía fin a la amenaza intergaláctica. No es el caso de Gutiérrez. *Estación espacial sangrienta* es una novela de ciencia ficción, modalidad que permite las fantasías más descabelladas. Lo de Gutiérrez, en cambio, es la pura realidad, y en la realidad no suceden esas cosas.

A pesar de que en la realidad no suceden esas cosas, Gutiérrez comienza a buscar las cámaras ocultas. Gutiérrez revisa hasta el último rincón de su departamento y controla todos los libros de la biblioteca que está en el living. Gutiérrez no encuentra ninguna cámara, ni en los rincones ni en los libros. Tampoco hay cámaras en los artefactos eléctricos ni en el teléfono ni en el contestador automático. Gutiérrez piensa en el ojo invisible que vigilaba al capitán Xcor y automáticamente dirige su vista hacia la pantalla de la computadora. La computadora está apagada. Gutiérrez enciende la computadora y espera lo peor. Pero no sucede nada. La pantalla muestra cómo se van cargando los diferentes programas y finalmente se detiene, esperando órdenes. Gutiérrez decide entrar en Internet.

Ahora no es Gutiérrez sino Conan. Tal vez en el ciberespacio le sepan dar alguna respuesta. Conan llega al salón de chateo y descubre que están todos sus amigos: Beto, Jordi, Killer y Paloma. Para sorpresa de Conan, también está Dolores. ¡Conan ha llegado!, escribe Conan y agrega :-)) que, como se recordará, es el *smiley* que indica carcajadas; en este caso, carcajadas de satisfacción. Conan piensa que Beto o Jordi serán los que primero contesten. Secretamente, Conan aspira a que Dolores se anticipe a Beto y a Jordi. «Hola, Guerrero», podría escribir Dolores, o podría escribir: «Bienvenido, héroe de Cimmeria». No todo se pierde para siempre, murmura Conan y se dispone a leer las palabras de sus amigos del ciberespacio.

En lugar de las palabras de Killer o de Jordi, de Beto, de Paloma o de Dolores, Conan recibe una notificación seca y terminante. «Cuide su lenguaje», ha escrito el Operador. Conan hace años que chatea y jamás tuvo un solo problema con el Operador. Conan piensa que se trata de una broma. Killer bien puede hacer un chiste de ese tipo. «No lo lograrás, Killer, mis soldados pelearán hasta su última gota de sangre», escribe Conan y agrega >;-> que, como se recordará, es el *smiley* que significa sarcasmo y guiño cómplice. Ahora sólo resta esperar las palabras de Killer. Pero no es Killer quien contesta. «Usted ya no puede acceder a este salón», ha escrito el Operador. Conan comprende que no se trata de una broma. Acaba de sufrir lo que en lenguaje del ciberespacio se denomina *Kickclean*. Literalmente: Conan ha sido limpiado a patadas. No hay modo de revertir esa condena. Jordi, Killer, Beto, Paloma y Dolores se han ido. En realidad, ellos no se han ido, simplemente alguien decidió que Conan no estuviera más con ellos. ¿Por qué causa se llegó a esa decisión? En el ciberespacio hay preguntas que no tienen respuestas. Conan corta la llamada y vuelve a ser Gutiérrez.

Gutiérrez está nuevamente de pie en mitad del living. Mira el teléfono y piensa en Requejo. En muchas ocasiones

Requejo pidió que lo llamara. Gutiérrez había anotado en un papelito el número de Requejo y había puesto ese papelito junto al teléfono, pero nunca lo llamó. Ahora Gutiérrez se dispone a llamarlo. Coloca el auricular en su oreja, marca el número y espera la respuesta. Más le hubiera valido no haberlo hecho. Desde el otro lado de la línea le da la bienvenida un contestador automático. «Éste es el teléfono de Gutiérrez. Por favor, deje mensaje», dice el contestador. Gutiérrez corta. No puede creer lo que ha oído. Hay una sola explicación lógica: el teléfono de Gutiérrez se ha ligado con el teléfono de Requejo; caprichos de la tecnología. Hay una sola manera de solucionar ese inconveniente: Gutiérrez borra el mensaje de bienvenida de su contestador y nuevamente llama a Requejo. «Éste es el teléfono de Gutiérrez. Por favor, deje mensaje», dice el contestador.

Gutiérrez corta, cruza sus brazos sobre el pecho y mira al teléfono en una actitud que podría parecer desafiante. Nada de eso. Gutiérrez está desorientado. Ahora se dirige hasta el cuarto de baño. Siguen sin importarle los azulejos rotos, el techo manchado de hollín y el esmalte quebrado de la bañadera. Gutiérrez fija su atención en el agua del inodoro. Ahí mismo, hace algunas semanas, tiró el papel con el número de teléfono de Ivana, después apretó el botón del depósito y el número de teléfono de Ivana se fue por las cañerías. Ahora Gutiérrez mira el agua quieta con la esperanza de que se produzca el milagro. Gutiérrez imagina que el papel con el teléfono de Ivana aparecerá flotando sobre el agua quieta del inodoro. Esos milagros sólo suceden en ciertas películas norteamericanas. Incluso le puede suceder a cualquiera de los personajes de Gutiérrez en cualquiera de las novelas que escribió Gutiérrez, pero no le puede suceder a Gutiérrez. Así son las cosas. Gutiérrez mira un rato más el agua quieta del inodoro, después aprieta el botón del depósito. Gutiérrez oye el ruido del agua que cae y observa el alboroto que se produce en el interior del inodoro. Cuando vuelve la paz,

Gutiérrez no ve ningún papel flotando sobre el agua quieta. Gutiérrez sale del cuarto de baño.

Cada vez que Eric Thompson se enfrenta a un problema grave, llena un vaso de whisky y lo bebe de un solo trago. El duro detective creado por Gutiérrez repite este rito de novela en novela. Gutiérrez no tiene whisky (en su vida bebió una gota de alcohol), pero le queda leche en la heladera. Hacia allí se dirige. Llena un vaso con leche fría y la bebe de un trago. No bien la última gota de whisky pasa por su garganta, Eric Thompson sabe de qué modo enfrentar y resolver el problema. La última gota de leche acaba de pasar por la garganta de Gutiérrez, pero Gutiérrez sigue tan confundido como estaba antes de beber la leche. Esto no se arregla con literatura, piensa Gutiérrez y mira el teléfono. Aún le queda una llamada, pero no se atreve a hacerla.

Entre los libros de autoayuda que Gutiérrez escribió para la colección *Tu propia cura* hubo uno de especial trascendencia. Se trata del volumen 17 de esa colección. *¡Usted puede!,* se llama el libro. Para redactarlo, Gutiérrez se basó en diferentes textos de *new age* y otras corrientes similares. El libro apareció firmado por el profesor Sidney di Tomasso. En el capítulo cinco, el profesor Di Tomasso explicaba cómo derrotar esos temores que frustran la realización de grandes empresas. La técnica ofrecida por el profesor Di Tomasso era una versión contemporánea del método desarrollado por los huachicinta, una tribu que habitaba las tierras donde hoy se emplaza Costa Rica y que desapareció antes de la llegada del conquistador español. Los brujos huachicinta aconsejaban pararse con firmeza, golpearse el pecho con los puños cerrados y gritar ¡Yo puedo! ¡Yo puedo!, una y otra vez. Gutiérrez está de pie en medio del living, se golpea el pecho una y otra vez mientras grita ¡Yo puedo! ¡Yo puedo! El método parece dar resultado, porque Gutiérrez, sin dejar de golpearse el pecho ni de gritar ¡Yo puedo!, se dirige hacia el teléfono. Gutiérrez va a llamar a Marabini. Es la primera vez en todos los años que se conocen que Gutiérrez llama a Marabini.

Una voz metálica dice el nombre de la editorial, dice gracias por haber llamado y dice que si conoce el número de extensión lo marque después de la señal. Gutiérrez no conoce el número de extensión. Gutiérrez está a punto de colgar, pero otra voz, ahora humana, lo detiene. La voz pregunta con quién quiere hablar. Con el señor Marabini, dice Gutiérrez. ¿A quién anuncio?, pregunta la voz. Gutiérrez, soy Gutiérrez, dice Gutiérrez. Un instante, por favor, dice la voz. Gutiérrez sabe que ya no puede colgar, pero aún conserva la esperanza de que Marabini no esté, que esté en una reunión o que no quiera atenderlo. Vanas esperanzas. Marabini aparece del otro lado de la línea. ¿Qué necesita, Gutiérrez?, dice Marabini. Quiero hablar con usted, dice Gutiérrez. Está hablando, dice Marabini. Me pasan cosas, dice Gutiérrez. A todo el mundo le pasan cosas, Gutiérrez, dice Marabini. He visto algo, dice Gutiérrez. Todo el mundo ve algo, Gutiérrez, hasta los ciegos tienen su propio modo de ver, dice Marabini. Lo que vi es muy importante, dice Gutiérrez. Dígamelo, dice Marabini. Prefiero decírselo personalmente, dice Gutiérrez. Venga a la editorial, dice Marabini. ¿Cuándo?, pregunta Gutiérrez. Ahora mismo, Gutiérrez, ahora mismo, responde Marabini.

Gutiérrez descuelga el traje azul oscuro del placard, busca la camisa celeste y elige la corbata a rayas, se abrocha la camisa y desliza la corbata por debajo del cuello, hace el nudo de su corbata, se calza los zapatos negros, se pone el traje azul y finalmente el sobretodo. Gutiérrez está listo para salir a la calle. Echa una última mirada a su departamento, y sale.

Gutiérrez camina rumbo a la escalera, siente la mirada de la vecina del 2° C sobre su espalda. Se detiene de golpe y gira sobre sus talones. A paso decidido, Gutiérrez se dirige hacia la puerta del departamento de la vecina del 2° C. Cuando Gutiérrez llega a escasos diez centímetros de la puerta, la mirilla se cierra. Gutiérrez toca el timbre, pero nadie responde. Gutiérrez oye la respiración de la vecina del 2° C detrás de la puerta. Gutiérrez golpea una y otra vez, pero nadie responde. Gutiérrez mueve los hombros en un claro gesto de indiferencia y nuevamente se dirige hacia la escalera. Gutiérrez sabe que la vecina del 2° C levantó de nuevo la mirilla y sabe que lo está mirando, pero ya no le importa.

Ahora Gutiérrez está en la calle. Es una mañana fría, la sensación térmica acaso alcance los dos grados. Gutiérrez se dirige hacia la parada del ómnibus. Antes de llegar a la esquina, dos hombres se colocan junto a Gutiérrez, uno a la derecha; el otro a la izquierda. No vale la pena describir a esos hombres. Es suficiente con decir que se trata de dos individuos robustos, correctamente vestidos. No hay ningún otro detalle que sirva para distinguirlos. A Gutiérrez no le sorprende la presencia de esos hombres, podría decirse que los estaba esperando. ¿Usted es Gutiérrez?, pregunta uno de esos hombres. Soy Gutiérrez, dice Gutiérrez. Si es Gutiérrez, tendrá que venir con nosotros, dice el otro hombre. De acuerdo, dice Gutiérrez y deja escapar un ligero suspiro que de inmediato se transforma en una sonrisa. Ahora Gutiérrez y los dos hombres forman una línea recta que se dirige hacia la esquina. Justo cuando llegan a la esquina aparece un tercer hombre. A este tercer hombre Gutiérrez lo ha visto antes. No le ha visto la cara (tampoco se la ve ahora), pero no hay duda de que se trata del hombre de la cabeza gacha con el que Gutiérrez se ha topado otras veces. El hombre de la cabeza gacha abre la marcha, detrás del hombre de la cabeza gacha va Gutiérrez y su escolta. Los tres hombres y Gutiérrez caminan en dirección opuesta a la parada del ómnibus.

Entonces, sin más gestos, Gutiérrez se irá para siempre de esta historia.

Desde hace varios años, sábado a sábado, de tres a siete de la tarde, nos reunimos en la casa de Horacio Salas. Se trata de una suerte de tertulia a la hora de la siesta a la que por buen nombre bautizamos. «El Siestáculo». Allí, en compañía de abundante café y factura recién horneada, hablamos de todo, pero sobretodo hablamos de literatura. No pretendemos mejorar el mundo; apenas el texto que cada uno escribe.

Gutiérrez a secas me demandó más de un año de trabajo. Invariablemente cada vez que terminaba un capítulo lo ponía a consideración del Siestáculo. A todos y a cada uno de sus miembros tengo que agradecerles los consejos que me dieron, las críticas y las observaciones que me hicieron después de aquellas lecturas en voz alta.

También debo agradecer las recomendaciones y sugerencias de quienes además de escucharla, leyeron cuidadosamente la odisea de Gutiérrez en el texto original, palabra por palabra. Hablo de Gloria, invariablemente la primera lectora, de Osvaldo Gallone, de Mario Goloboff y de Juan Martini.

No puedo olvidarme, y no me olvido, del cariño e interés que pusieron Jordi Estrada y Ernest Folch en la edición española y Miguel Lambré, en la edición argentina.